去江夏那边

QU JIANG XIA NA BIAN

朱零 王太明 袁磊 主编

中国旅游出版社

策　　划：途欢途乐
责任编辑：王佳慧　高　辰
责任印制：冯冬青
封面设计：中文天地
图片提供：武汉市江夏区文学艺术界联合会
　　　　　武汉市江夏区文化和旅游局

图书在版编目(CIP)数据

去江夏那边 / 朱零，王太明，袁磊主编. -- 北京：中国旅游出版社，2024.1
（行走阡陌）
ISBN 978-7-5032-7206-6

Ⅰ. ①去… Ⅱ. ①朱… ②王… ③袁… Ⅲ. ①散文集－中国－当代 Ⅳ. ① I267

中国国家版本馆 CIP 数据核字（2023）第 169858 号

书　　名：去江夏那边
作　　者：朱零　王太明　袁磊　主编
出版发行：中国旅游出版社
　　　　　（北京静安东里 6 号　邮编：100028）
　　　　　http://www.cttp.net.cn　E-mail:cttp@mct.gov.cn
　　　　　营销中心电话：010-57377103，010-57377106
　　　　　读者服务部电话：010-57377107
排　　版：成都圣立文化传播有限公司
印　　刷：北京金吉士印刷有限责任公司
版　　次：2024 年 1 月第 1 版　2024 年 1 月第 1 次印刷
开　　本：710 毫米 ×1000 毫米　1/16
印　　张：15
字　　数：192 千
定　　价：68.00 元
ISBN　978-7-5032-7206-6

版权所有　翻印必究
如发现质量问题，请直接与营销中心联系调换

目录 Contents

从龙泉山望江湖海	阿　毛	001
我爱汤逊湖	王祥夫	008
所折叠的时空，是不同的世代	千忽兰	015
一个诗人的温柔乡	康　雪	027
湖泗瓷寻游记	师　否	037
瓷上风华说湖泗	维　摩	050
八分山探秘	黄　海	060
鲁湖秋歌	龚健康	070
金口古镇	周天国	078
春不晚，至江夏	范希磊	086
去江夏那边，去小朱湾	严　彬	092
江夏黄	小　西	099
如云如梦	张雁超	106

篇目	作者	页码
云稼慢乡	林珊	114
少年英雄谭鑫培	刘桂英	123
丹书白马守盟约，名标青史指泼墨	蔡英	134
江夏行	张口	140
去江夏那边，逛逛武汉的『后花园』	梁书正	147
江夏的美食	刘小平	152
扬子江糕饼里的流金岁月	夏楠	164
悠悠茶香茗泉谷	郑新芳	172
泥土沉淀的诗行	周天国	180
水流古韵桥不远	刘桂英	190
袜铺湾：从清朝缓缓走来的博物馆	余杨	202
雨过天晴江夏行	夜鱼	211
山青水阔，大路朝天	龚健康	218
中山舰	金成海	230

从龙泉山望江湖海

✻ 阿　毛

风中的秋千

我们从汤逊湖度假村到龙泉山风景区再到白云洞，再由青龙山森林公园回到汤逊湖度假村。整个旅途萦绕在我脑中的思绪就像黄昏时分汤逊湖畔风中的秋千，在绿茵茵的芳草地上、在金灿灿的天空下飘荡出美丽的弧线。

汤逊湖度假村内最具文化特色的要数图腾广场及龙文化艺术长廊。在图腾广场上，用土陶烧制而成的五十六个民族的大型图腾陶雕群，集中地展现了我国各民族的图腾文化。那一尊尊形象生动、意蕴神秘的图腾，引人遐想。龙文化艺术长廊则绘制了从夏、商到清朝不同朝代不同风格的龙图腾。它们千姿百态，活灵活现的样子绘在艺术长廊上，就像漂游在历史长河中，庄严神秘，让人充满想象。

为了触及那些我的思绪怎么也解不开的历史文化之谜，请原谅我的目光忽略掉汤逊湖畔轻巧别致、浪漫多情的童话小屋与蒙古包和那一座有着冰糖葫芦般尖顶的白塔。这些浪漫的休闲去处会在我们下一次的旅行中与汤逊湖鲜美的汤圆一起成为独一无二的期待与享受。

在风中的秋千上，我的思绪飘荡到龙泉山。在龙泉山风景区的楚昭园，导游问：为什么昭园楼座角上的龙脖子全是白色的？有人说可能是雨水冲刷的缘故。导游说：龙肚子也被雨水冲刷，可为什么它没有龙脖子那样晶莹洁白？可见被雨水冲刷一说是站不住脚的。这些六百多年前用巨石雕刻而成的龙，龙头、龙身、龙尾上全是土褐色或黑色的斑斑点点，只有那龙脖子如白玉般晶莹冰润、洁白无瑕。它绝不是另外的镶嵌品，而是与龙身浑然一体的一部分。明代的龙雕中均有这一至今不为后人窥破的独运匠心，这一直是考古学家和史学家都解不开的谜。如果龙身下石基座上那一代代丝绒般的青苔有思维有记忆的话，它是不是知晓这一不为人知的谜呢？我知道，这一设想只是我对那些与石龙朝夕相处的青苔们的天真奢望。青苔们只是繁荣、枯萎，再繁荣、枯萎……那些解不开的谜依然会在岁月的沧桑中慢慢地风蚀。

还是在龙泉山风景区。就因为明代楚昭王朱桢强占了西汉舞阳侯樊哙的墓地，将樊哙墓东移了200米，致使我参观明代楚昭王陵园时想到的总是樊哙，而参观樊哙墓地时想到的竟是这样一个问题：明代楚昭王干吗跟樊哙过不去？此问一出口，随行的很多人都说：是呀，干吗跟死人过不去呢？仅仅是因为迷信风水吗？我认为，还有一个重要的原因是后人自以为比古人强，比古人聪明。是的，

去江夏
那边

死人早已成为尘土。他们别无选择，因为他们只能成为尘土。而活着的人在成为尘土之前是有很多选择的。明代楚昭王请风水先生看风水、择墓地，能掩埋其强权之躯的宝地还是很有几处的。但当他知道最好的宝地还是"五龙捧圣"的樊哙墓时，便威逼风水先生带领人挖墓。活人强占死人的墓地，这说明那墓地自有其独特的魅力。是的，这里山幽林深、水清石美，无论如何都是一处绝美的寝宫。让我们原谅那蛮横的楚昭王朱桢吧。他的挖土迁坟的不孝之举在某种程度上成就了人们对并不知名的樊哙的怜悯与祭奠。这恐怕是楚昭王朱桢生前做梦都不曾想到的。肉身终要化作尘土，我们又何必在乎它成为哪里的尘土呢？

不能否认的是，世间万事万物都要证明自己是一个强悍的存在。樊哙强悍过，楚昭王朱桢也强悍过，与他们同时代的芸芸众生早已灰飞烟灭，而他们的尸骨化作的尘土还在，祭奠他们的文字也在。这便是强悍的力量。世间还有一种坚强的存在，比如楚昭王陵园右前方百米处那棵生长了六百多年的古树。在植物中，这棵被称为"婆婆树"的古朴树算得上是一个最奇特、最坚强的存在。这棵树形态奇异，她的奇异不在于要两人手拉手才能围住的粗壮的树干，不在于她枝繁叶茂、遮天盖地的浓荫，也不在于她隔一年结出的饱满金黄的硕果，而在于她那长出地面、占地方圆几十步的根部。盘根错节，真像群龙舞动，那龙头、龙身、龙爪和龙鳞清清楚楚，活灵活现。而她的坚强不仅在于她历经几百年沧桑却仍然旺盛而美丽的生命力，更在于她的那一段动人的传说：明朝初年，灵泉古市的乡亲们不仅敬重为官清廉爱护百姓的曾泰，还非常珍惜曾泰的母亲为纪念曾泰的出生和悼念曾泰父亲的早逝而栽的那一棵小朴树。朱桢得知后，担心深得民心的曾泰影响他独霸灵泉古市，因而派了几名打手找碴儿要砍掉朴树。曾老夫人和左邻右舍的几个婆婆手挽着手，用身体护住大树，咬牙忍受着打手们举起的砍刀，宁死也不肯放开。就这样那棵树越长越粗，血流到哪儿树根就长到哪儿。血流到方圆几十步远，根就长到方圆几十步远。血重重叠叠、汹涌澎湃，根脉就盘根错节、威武雄壮，像一双双粗壮有力的手臂牢牢地护住树干。这奇特的形态、这坚强的姿态真是世间少有。

在江夏。我所思索的那神秘、那强悍、那奇特、那坚强——在汤逊湖畔风中的秋千上飘飘又荡荡。这飘飘荡荡的美丽弧线收容我纷纷扬扬的万千思绪和歌唱的文字。

从龙泉山望江湖海

他们周末总是会到江夏那边去！

他爱山，她爱水。两个人要么山，要么水，要么山水。

她爬山，连上十个台阶就气喘吁吁。而他潜水十米就会头昏眼花。

他来自山区，酷爱山，她来自湖区，酷爱水。

从婆婆村那边过来的路上，一群狗快乐地奔跑着，风吹动它们的毛发……

而婆婆树下的那只猫被宠它的人带上了山顶，眼神如神秘的猫头鹰。

"从这儿开一条玻璃栈道，到对面的山顶。"

"不可能，据说最长的玻璃栈道，也就1000米。"

"那边是汤逊湖吧？"

"是长江。"

"是吗？"

"文综，历史地理政治，历史不行。理综，物理生物化学，物理不行。高考麻烦哦！"

备考的人周末放松，也会把自己的文综理综念给江夏的山水听，或许这里的山水密语可以让偶尔迷茫的人顿悟人生的大考密卷!

而山顶悬栏处有警示语:此路不通,请游客原路返回!

从远望亭看开去,龙泉山的右边是汤逊湖,左边是长江。它们通过巡司河连在一起,就像海湾。

下山,我一口气可以走几十个台阶,其实,我可以一口气走下山。

"你不要像打摆子那样走路左右摇晃,这样不安全。"

"我和你,米和油,同住地球村,相逢在这里。"

右边黄色的是寺院,左边绿色的是陵园。中间的那些白房子是徽派建筑。是曾泰的祖居吧!

"我是唱《我和你》的小样的。"

"原来你才是真的原唱。"

歌星鼓掌。

"你把那些歌放了千百遍了。"

"只是造一种氛围。我不会唱。甚至不去记它们。"

"是啊,浪费了一副齐秦的好嗓子。"

我们都坚信很多人是在江夏的山水间练就了好嗓子的。大人低吟《最真的梦》,小孩高唱《孤勇者》。在八分山、大花山、青龙山也如是,在汤逊湖、梁子湖、斧头湖、鲁湖也如是,在枫香云堡、在海洋村、在隐居乡野、在云稼慢乡、在漫漫露营地也如是……成为大隐者,成为歌唱家,成为诗人,成为哲学家……成为你想成为的任何人!

那只猫停在半山腰,它在喵喵地叫什么呢?

已经下了三分之一了,快到山下了。

回去,你好好练太极,你教会我。下次去海边我们一起打太极。

在武汉的马尔代夫龙湾半岛、在拥有天空之镜与鸟墅的梁子湖畔、在芦苇飘荡的鲁湖边……这些江夏美丽的湖岸线,无一不被视为武汉的海岸线……

已经是傍晚了,仍然有人上山。住在附近的人,一整天都可以登山的,只要自己愿意。

沿途的墙和它的影子,很斑驳,可以画写意画,也可画现代画。

无论什么季节,坐在这里的木椅和石凳上,看看书,发发呆,听听音乐,就很好。

这儿处处丽景。你看这边也有你镜头需要的原野。可以拍枯荷、白茅……

这儿适合摄影、写生……

这儿,不是别处,这儿是龙泉山;这儿不仅是龙泉山,这儿还是江湖海,是江夏的所有的平方千米和视域……

我爱汤逊湖

✤ 王祥夫

我喜欢武汉的道理有三：一是有梅花可看，去东湖；二是看樱花，去武大；三是吃臭鳜鱼，去楚天庐。在武大看樱花时我就在心里想，樱花年年都要这么开一回会不会影响学生们的学业？学校毕竟是学习的地方，而转念一想，在武大读书的好处也许就是会给每一个学子都留下一个毕生难忘的印象，那就是一年一度的樱花。能生活在这样的一个城市，能在这样的地方读书，真是幸甚至哉。武汉当然是个好地方，首先可以说是个泽国，坐在飞机上往下看，是一片水连着一片水，陆地倒像是造物主的施舍。武汉其实是个水包城、城包水的地方，翻开地图，你不难知道武汉南部的江夏更是如此，当然不少人都知道亚洲最大的城中湖就在江夏，但关于这一点，武汉的许多朋友好像是很不屑，总会说一句武汉城里的水更大，到底哪个水域更大？相信还是江

夏。像江夏一样城中有那么大的湖的城市在亚洲并不多，想一想便觉得这是我们的骄傲。城中有个奇大无比的湖，吃鱼自然是不成问题，所以说不但是江夏人，即使是武汉人，幸福指数之高真是别处无法相比。你想想，除了春天有梅花和樱花，一年四季都还有好鱼吃是别处无法与之相比的事。而我个人，却是个热干面党，有一阵子几乎是天天都在吃热干面，我吃热干面只需麻酱和调料，并不要再加别的什么，吃完热干面再大杯喝热茶，一天的生活便这样热气腾腾地开始。

初到江夏便知道这地方很古典，李白的《江夏行》小时候就读过，现在已经全部忘光一句也记不起来。古典名著《三国演义》里多处提到江夏，总是与征战、掠地有关，关于这一点，读过《三国演义》的人都会知道。这次既然来到江夏，不可不去城中湖看看，因为江夏的城中湖可以说在全世界都大名鼎鼎，就其湖的面积而言，江夏的城中湖是亚洲第一。早春的天气毕竟有几分料峭，树上新叶地上旧叶，季节在这里杂混着。诗人龚健康陪我去看那个湖，我们都多穿了一点衣服，湖上的风很大，也很冷。

江夏可以说是个极古典的地方，但江夏的城中湖却有个极洋气的名字，

去江夏那边

叫作"汤逊湖"。猛地一听像是我们已经出了海关到了美国的什么地方，我是喜欢这个名字的，我对有异国情调的东西一般来说都不太反感，但我也知道江夏的"汤逊湖"原来的名字叫作"汤孙湖"，因为当年住在这一带的人大多是汤姓和孙姓。中国人取地名，往往直来直去，离城十里，那地方也许就叫作十里铺，离城三十里，或者它就叫三十里铺，南方的水乡，离城最近的河往往被叫作头道河，再远一点的叫二道或三道，再远呢，也许就叫四道河。而汤逊湖吸引我的是"汤逊湖"这三个字。关于汤逊湖湖名的由来却是我后来才知道的。最初，一听"汤逊湖"这三个字，我心里马上就想到了

某个国外的小镇，北欧或西欧的那种小镇，紧接着就会想到粼粼的湖水和长在湖边的黑森林。而实实在在从地理方位上讲，江夏的这个湖，占地面积约47.6平方千米，早在2010年止，江夏的汤逊湖已经超越武汉东湖跃居为全国第一大城内湖。这让武汉人很是不服气，因武汉城区拓展，2014年5月28日，武汉正式发行的《武汉湖泊志》中显示，汤逊湖已经取代了多年来一直被称为"国内最大城中湖"的东湖，我想这让武汉人多少有些于心不甘。

　　说到汤逊湖，不知道怎么搞出来个图腾，而且是个全国首家以图腾文化为主题的度假区。该度假村是按照"天人合一、返璞归真、回归自然"的想法建成的，其主要代表作为68个各具特色的民族大型图腾陶雕组成的图腾广场，以及由近两千条不同时代风格的图腾龙构成的文化艺术长廊。村内还设有垂钓、游泳、射箭、网球、休闲别墅、蒙古包、人造瀑布、九曲桥、龙王庙、白塔、观音岛等项目和景点。同时还经常举办各类大型图腾文化表演、古神祭祀、焰火晚会、假面舞会、篝火晚会、民间杂耍等娱乐活动，备受广大游客青睐。该度假区自然景观令人心旷神怡、流连忘返。若问汤逊湖有多大？光水域面积就有47.6平方千米。汤逊湖东南邻江夏区，北靠武汉市中环线公路和华中农业大学，西边为老武纸公路，纸李公路直通景区，东面江夏大道贯湖而过。再说一句，汤逊湖位于武汉市的南部，因为湖里水产丰富，所以汤逊湖一带的拿手好菜是鱼丸，味道真是不错。汤逊湖里也盛产胖头鱼，据说用胖头鱼做的鱼丸味道最鲜，但我向来是不喜欢吃鱼丸，我觉得汤逊湖的咸鱼干倒是不错，一拃多长的那种咸鱼干，想喝酒，摸几条出来烤烤就行，真是下酒。这样的下酒法我曾经在丰子恺的随笔里看到过，所以很是喜欢。我个人不怎么喜欢吃胖头鱼，我当年教书的那个学校的西门之外走几百米就是一个白水汤汤的大湖，湖里只出白鲢，白鲢的肉很稀松，除了那个大鱼头其他地方没什么好吃头。两相比较，我当然还是喜欢这边的汤逊湖，我们学校外边的那个小湖简直是没法和汤逊湖相比。最初听到汤逊湖的

去江夏
那边

这个名字，让我感兴趣的是"汤逊湖"这三个字的异国情调，我还想，偌大的一个汤逊湖可不可以分为好几个区域，比如意大利风情区，比如法国风情区，比如日本风情园，每个区域的建筑都要有自己的特点，我想这对未来开发汤逊湖的旅游会有莫大的好处。近日，一条"中国高校十大美丽湖泊"的帖子在微博、微信上流传甚广，根据网友的评比，北京大学未名湖、武汉大学东湖、武昌理工学院汤逊湖等入选中国高校十大美丽湖泊。武昌理工学院毗邻的汤逊湖备受网友推崇，微风起处，烟波浩渺，空

蒙弥漫，鸥鸟戏水，渔舟轻荡，一派恬淡和谐的迷人景象。武昌理工学院地处江夏梅南山，毗邻汤逊湖，是一所依山傍水、环境优美、欧式与现代建筑风格相结合的"花园式"学校，被誉为中国高校十大最美湖畔校园之一。近年来，该校每年斥资数百万元，大力打造风景园林式校园，成为莘莘学子求学的佳地，汤逊湖周边不只是有武昌理工学院，还有湖北经济学院、武汉信息传播职业技术学院、武汉铁路职业学院、武汉科技大学中南分校、武汉软件工程职业学院、武汉工程大学、武汉商贸职业学院、华中师范大学传媒学院，这样众多的学院，这么一大片浩浩渺渺的水域，我想，到时候我们不妨学学英国剑桥大学，搞个学生划艇赛，可以在汤逊湖上进行世界大学生划艇赛，甚至可以设立个世界级的"汤逊湖划艇杯"，我想那一定是世界上最大的城中湖划艇赛。我还希望这个湖被院校紧紧围绕，书声歌声，青青子衿，悠悠我心。

以汤逊湖为亚洲城中第一大湖的这一点而言，我以为汤逊湖有着不可限量的发展前景。中外文化交流并不是什么新鲜事物，从汉到唐，从宋到近代，天津、青岛、大连莫不如此。时代不同，着眼点不同，江夏是古典的，但江夏又是现代的，江夏是中国的，但江夏又是世界的，我们必须要有这样的眼光，江夏才会越变越美好，才会变成世界瞩目的地方。但我们要记住，人类不可能征服自然，你现在怎么破坏它，将来就要怎么修复它，但人类可以给大自然锦上添花，让它有更多的人文气息，与它和平相处，它就会变得越来越美丽。

我爱汤逊湖。

所折叠的时空，是不同的世代

❋ 千忽兰

在武汉十年了，居于汉口，闻听向南有大湖，曰梁子湖，烟波浩渺，大部水域属江夏。

江夏旧为武昌县，此地水域的小岛古时称鄂渚。渚乃水中小块陆地。

古代东南有良渚，古代中原有鄂渚。

梁子湖有多大呢？江夏这个地名就已彰显。汉代启用江夏名。尔雅说，夏，大也。夏朝的夏，就是大的意思。江夏这个地名从汉代使用，历经两千

所折叠的时空，是不同的世代

多年，沿用至今。应意为，长江中游南岸广阔浩大的湖泊——大江之大。江夏古意盎然，地气浑厚，养身养心。

　　湖北南部的浩浩烟波与湖南主要水系湘江并列搁置，不远不近地相望，这在古代是行吟诗人必期遇见的盛景。

去江夏
那边

江夏有两个大湖：一为城中的汤逊湖，是亚洲最大的城中湖。另一为梁子湖，梁子湖为湖北省第二大湖泊，水面面积仅次于洪湖，为256.32平方千米。除降水外，湖水主要源自由南向北汇入的咸宁的高桥河，并经长港从樊口排入长江。全流域分布于江夏、鄂州、咸宁等地。

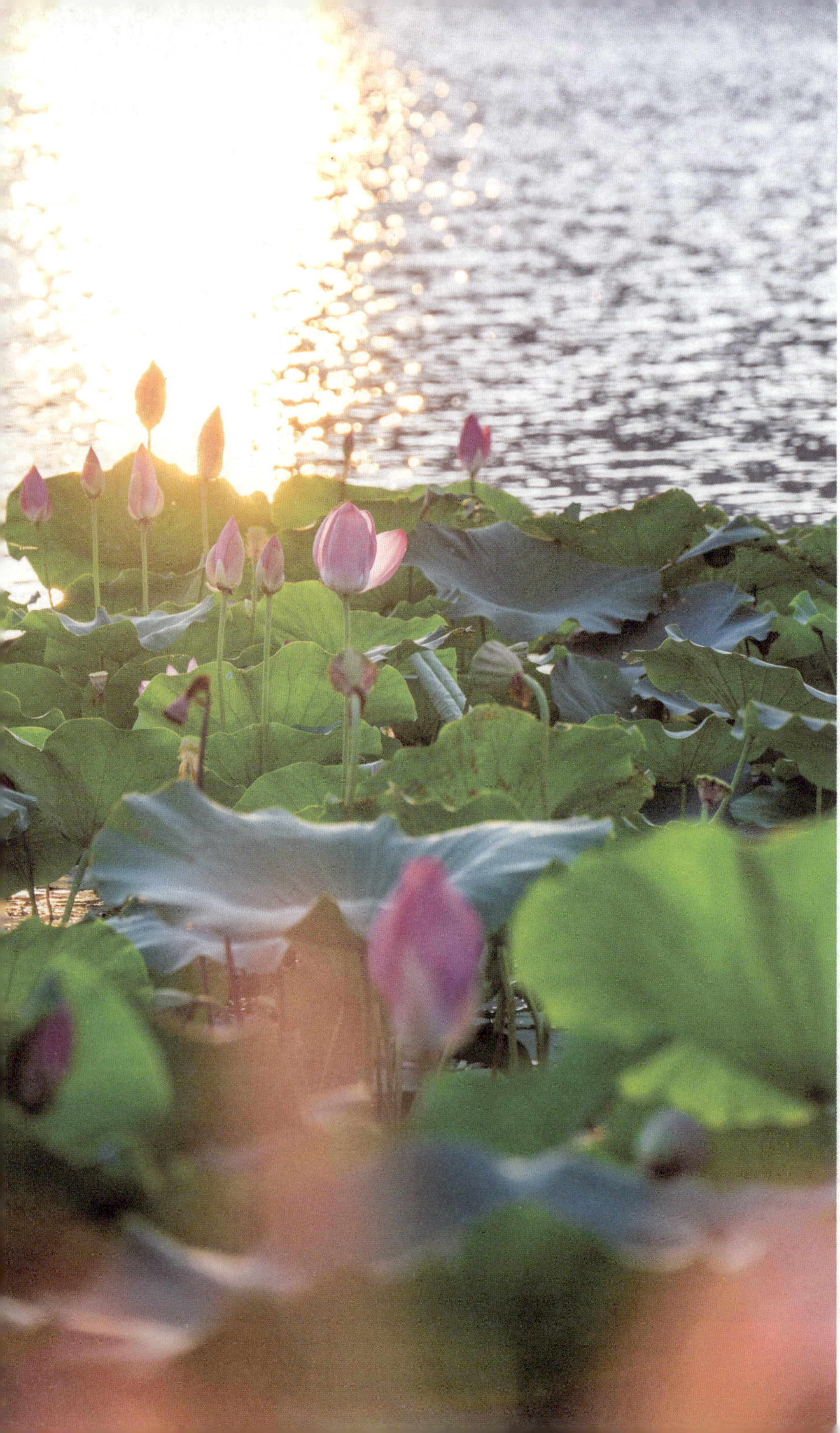

梁子湖以梁子山为界，分为东梁子湖和西梁子湖，东梁子湖在鄂州市境内，西梁子湖在江夏区境内，并与保安湖、三山湖、鸭儿湖等相连，构成独立的湖泊水系。

在我看来，梁子就是梁子山的山梁。那天我进江夏城，登楼入住，蓦然回转身，看见窗外一道高耸柔圆如鲸的山梁，这可就活现城中一道主梁，如虹，如屏，令江夏满城鲜绿、清气升腾。

二

到岛上去。我可真喜欢这句话。这就仿佛要去世外桃源。

而岛从不令人失望。有一年我去东莞附近一个小岛，那个岛太小了，小船靠上去，人并不下船，岛上的猴子围拢过来，我们奋力抛出面包和水果。汪洋的水和泥土森林的岛，它们二者的结合，仿佛岛在徐徐转动，人不禁心眩神迷。

还去过汕头的南澳岛。过长长的、长长的大桥，直至那岛上。岛上有野生茶树，凤凰单枞，我们走进农家，吃递过来的荔枝串，看他们密封茶叶。凤凰单枞的香味适合夜深沉时细品。南澳岛上食海鲜，鲜美，大快朵颐。离开小岛，山路十八弯，森林连着森林，方抵达山下的海边。这些记忆竟然都在。

鼓浪屿，我真爱那里的老房子和优雅的道路。小巷拐弯处蓦然的煎生蚝小饼，叫海蛎煎的。许多的画室，画家努力地原创或者仿制。海滩上卖椰子，我坐在沙子上望着沉沉大海喝椰汁。薄暮里坐渡轮返回厦门，海风如一面招展的旗子扑簌簌地吹，满城这响声，而鼓浪屿本身是极安静的。

江夏的梁子岛，烟波浩渺，江上果真使人愁——人立刻成了很古的人，小船荡悠悠，去往的另一个地方却是去到另一种际遇里，与岸上的人再见到或许这一世不再有可能，古人的每一次珍重道别都仿佛是诀别，这个我们完全不能够体会了。

梁子岛上生活着渔民，他们要坐清晨七点的小渡轮进城，带着蔬菜和鱼，鸡鸭和蛋，活泼泼地来到码头上。到了晚上，他们带着生计的疲惫乘坐最后一班渡轮回到岛上。

那天我们乘坐傍晚的渡轮登岛。随缘客栈的老板娘坐在电动三轮车上迎接。客栈开在码头不远处，也就是小岛的边缘上。晚饭的蒸咸鱼和炸小银鱼分外好吃。

三

从前没有汉口、武汉往江夏的地铁，去江夏是一件远行事。20世纪80年代的一天，在《长江文艺》做编辑的刘益善先生决定出门，他要去江夏见几位文学爱好者，其中就有我的恩师王新民先生。多年后，总有四十多年了，他们告诉我，上午出发，中午到江夏县，夜里到达梁子湖。两位先生哈哈大笑的样子仿佛又回到了二十多岁的青葱岁月。

我为这样古人样式的行走所神迷了。当然刘益善先生他们是有自行车代步的。古人则是步行或者马车代步。我想杜甫总是步行的，而李白常常登上高大马车。屈原呢？当是步行。

江夏梁子湖，在古代叫作鄂渚，屈原、李白、杜甫都来此行走过。所以我一往江夏走，心里就微醉。屈原壮烈悲怆，李白豪放不羁，诗人活到中年，从苦难中破茧而出又格外珍惜今日的平宁，突然地，就此同理了李白的豪放，上天揽月，入水捉月，从此于我不浮夸，这是一种奇异的心灵变化。杜甫是兢兢业业的非虚构写作者，他怀着深深的同情行走在中原大地上，却忘记了自己的生存之艰难困苦，这是一份令全体人类致敬的精神。

去江夏那边

那年惊蛰，我乘坐地铁往江夏去，在宏图大道乘坐八号线到野芷湖，换乘七号线，抵达江夏客厅，用时90分钟。当晚夜宿龙湾村。村子位于梁子湖北岸，也叫龙湾半岛。油菜花正在开放，还未盛放，说是不远处的风景区里有各种颜色油菜花的花海。我唯钟情黄色油菜花，这是它的本来，做好自信的本我就是上佳境界。我在第二日的清晨散步龙湾村，五六只从草堆里睡醒的狗儿追逐着嬉戏，那一边却是七八个儿童在春光下奔跑，村舍院落里十几只大鸡庄严站着。我呆站在乍暖还寒的春天的风里，已经不是迷醉了，是被一种神秘的时光折叠之手所征服，我翻转进了有着无数黑洞的时光隧道，忽而李白踏歌而来，忽而村童遥指鄂渚烟波深处，忽而20世纪勤劳的人们在岛上耕种，忽而几个清新的文学青年结伴来了，他们热爱江夏这方古老的大地。

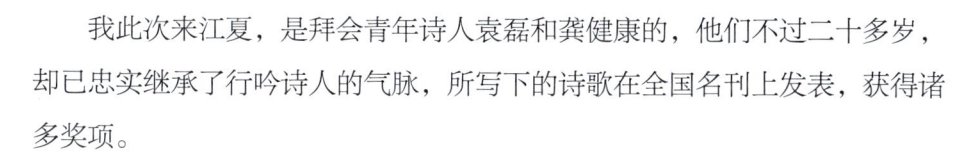

我此次来江夏，是拜会青年诗人袁磊和龚健康的，他们不过二十多岁，却已忠实继承了行吟诗人的气脉，所写下的诗歌在全国名刊上发表，获得诸多奖项。

无他，唯热爱古代诗人和江夏山水。他们这样说自己的创作。

四

唐代崔颢有名句：日暮乡关何处是？烟波江上使人愁。

若你来到梁子湖，无论站在半岛上望江，还是来到梁子岛上望四面湖水，烟波二字活现。这在别处是没有的。为什么呢？因为原生态。这里没有湖景的高楼大厦，没有熙熙攘攘的所谓古街市井。我们去到一个村子的小街，两边是平屋，门前放着菜蔬卖，有新鲜或者腌制好的雪里蕻，有苔菜，有土鸡蛋，一树古老梨花正在开，清凌凌的气质，它安然的存在是在彰显一片村庄的醇厚民风。

时代的进程在这里慨然前进着，也似乎戛然停止了。前进着的，是半岛如深圳气质的规划和建设，它是开阔明朗的，是具有现代性的。戛然止住的，是保持住一江水的洁净和四围大地的自然质朴原生态。江夏作协主席黄海老师告诉我，梁子湖多年来保持着水质监控机制，禁捕规定也落实到位。近年梁子湖大闸蟹野生的都在禁捕中，市面上出现的均是养殖的。

这是江夏一代代管理者恪守的心灵准则，那就是水要永远清洁，鱼要繁衍有序。不要对我们的大自然母亲强取豪夺，人与自然和谐相处，于是有了今天的湖光山色，这稀有的自然之光，它邀请我们进入时光之旅，你只需站在江夏大地上，蓦地就被带入三千年悠悠各种情味中。

李白有诗句：孤帆远影碧空尽，唯见长江天际流。在梁子岛上，我早早醒来，决定提前离岛。我和勤劳的第一批进城贩卖蔬菜蛋肉鱼的岛民们一起乘坐小渡轮出岛往城市的岸上去。

去江夏
那边

五

巴拉,你说想看烟波浩荡梁子湖,我便又来了。为的是更清晰地了解它,这样你来的时候我能熟门熟路带你行走。

你曾说要爱具象的人,而不是抽象的。这个道理放进世间万物似乎都是对的。抽象虽虚幻却与美挨得近,具象真实但容易失去惊心动魄的美。我常觉把握不好人世进退。梁子湖和其上的岛,也是如此,我上一次于巨大美好中匆匆下岛,就是在逃避具象之清白(武汉语,清醒)。

现在是清晨六点,百鸟齐鸣,而之前的五点我在低吼和呜咽的风声中渐渐醒来,又听见乐声混在里面,铙钹锣鼓,盛事或悲伤。我又去听风声,是西伯利亚严冬风雪在旷野,就仿佛岛四围的茫茫大水充盈肃杀之气,多少朝代心酸事,它记忆下来,堆涌怀中,如泣如诉。我几乎也悲伤起来。

但六点天光一亮，风声乐声无影无踪，唯有平静的鸟鸣，我的心也重回静谧。

昨天傍晚前我在江夏龙湾码头上船。还有一个长岭码头，是在鄂州地界。龙湾码头很有深圳海边味道，高大的棕榈树，现代感的建筑，清洁的道路，小渡轮往深处去就成了一个小点。渡轮上有一个老者对同伴们说，我们江夏老话：人要活，奔梁子。

这简短六字，又是多少朝代多少心酸事。岛，都是世外桃源地，它们遗世独立，自成小宇，生机勃勃，居于此地者，当具隐者风采。

人活着，狂奔后的生息，这才观世间观自在，做一个自如的渔夫、樵夫、菜农，鸡鸭鹅长。人要活，奔梁子。前半生的狂奔，都是狂飙中的高启强，处在作死的边缘，后半生智者奔入心中的岛，在隐逸中细品活着的真谛。

其实是有两个岛，梁子岛和青山岛，一道细长的筑堤连起它们。我先是走过一片古代窑厂遗址，说这里的窑是唐至五代时期的，这简直古老。奔梁子的人也是可以做窑匠活下去的。

岛上菜地附近小丘陵上可见到古老墓碑。隐者安息，古今多少事俱往矣，人与湖水同缄默不言，至多低吟。

过筑堤，往青山岛心去，那里森林繁茂，农户在其中。五六个老太太在傍晚的金光中闲坐巷间。她们说，岛上二百人，常住者四五十，都是老人和幼儿。成年人去江夏打工，孩子们也在江夏读书。一三五有船去江夏码头，她们有时也进城去。

我问她们平时做什么营生。她们说，现在是禁捕时期，不打鱼，只种菜。可以钓鱼，把钓到的刁子鱼、鲫鱼晒成鱼干，卖给游客。

我在岛上穿行，遇见一溜儿排开十几个铁丝晒网，大如门。岛上咸干鱼收拾得非常干净，冲洗后蒸熟即食，肉质有嚼劲，鲜美无腥。

一位八十多岁的婆婆说，日本人当年打到青山岛，轰炸这一带，轰炸大武汉……

我听了心惊，世上无桃源。但人心坚韧，自然永长，人心终究还是可以投奔自然的。

岛上有老梁子人，也有外地过来的生意人，开饭店和旅馆，叫作客栈就更对。还有城里人在这里购置别墅的，多为空置。随缘客栈老板娘说，快递不送到岛上，只送到龙湾码头，托渡轮船夫带过来。随缘客栈自制腐乳堪称一绝。

这样都挺好。我若做了隐者，埋头种花，哪里需要花枝招展城里装扮，免去无数快递俗事。我似乎厌倦了红尘滚滚事，我的桃花源岛究竟在哪里呢？

唐至五代，窑匠们在岛上制作精美的瓷器，水罐碗盏，小船送瓷器到江夏卖，李白、杜甫、崔颢在黄鹤楼下用到鄂渚之瓷。元代始江夏盛产青白瓷，宛若湖光，柔腻如玉，乃宋韵遗响。

春光烂漫，岛上花少，江夏那边樱花、梨花、油菜花铺天盖野，我若是岛主，湖水配红似火的山花，才是好——古今多少事，渔唱起三更，虽肃杀，也要把此世活得热烈清正。

夜里散步遇见一家客栈在门前制作汤圆，天上挂着大半个明月，汤圆下锅，我如鹤止步。

很小的岛，走来走去，圆里的绕圈或直径，水围绕我，曾经在胎儿时，我们从水中来，水于我是安全和温暖，我喜欢梁子湖环拢我，我立于青山岛。

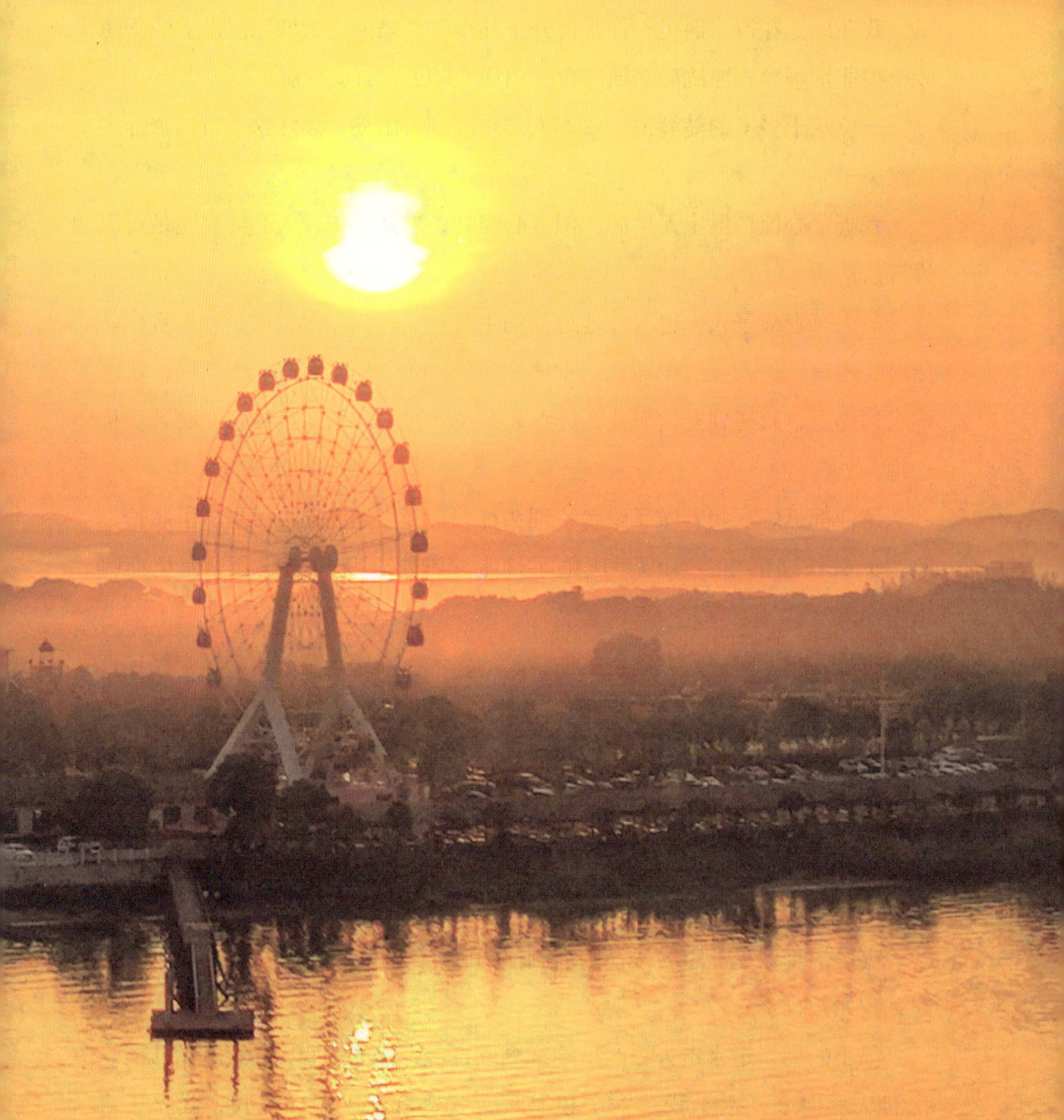

去江夏那边

一个诗人的温柔乡
——梁子湖龙湾半岛之行

✤ 康 雪

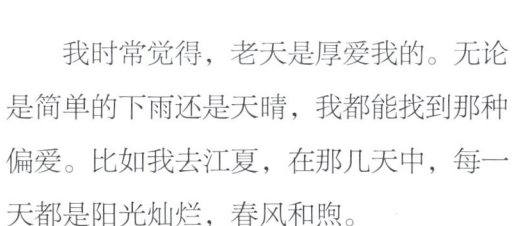

一

我时常觉得，老天是厚爱我的。无论是简单的下雨还是天晴，我都能找到那种偏爱。比如我去江夏，在那几天中，每一天都是阳光灿烂，春风和煦。

这并不容易。在去江夏之前，与离开江夏之后，持续而漫长的阴雨绵绵充分证明了这一点。我确实是个很信命、信缘的人，也许除了老天的偏爱成分，我更应该坚信某种昭示：江夏是我的福地。

作为楚天首县，江夏应该是大气厚重的存在。但当我默念"江夏"，心里却腾升起一片氤氲，那是一种非常特别的情感，小而清淡，淡而温柔。这大概与我年少时的一段经历有关。我十几岁时喜欢过一个干净明亮的男孩，他的名字就叫"江夏"。

这本是一种毫无内在联系的巧合，但当我二次踏入武汉江夏区，它真真实实地成了一个让我怦然心动的存在，甚至在突然想起它时，我会不禁感叹：噢，江夏啊，我的温柔乡。

毫不夸张，除了自己的故乡，至今只有两个地方让我如此念念不忘，一个是云南的泸沽湖，那里的宁静神秘可真是我理想的世外桃源啊。而另一个，就是温柔乡般的江夏。它与泸沽湖是截然不同的桃源，它是敞开的，当下的，是现实的桃源。

简单来说，如果想要逃避生活，可以去泸沽湖。如果想要好好生活呢，就去江夏吧。

喏，如此难以言喻的深情，我若是和江夏没有前世今生的缘分，我是不信的。说不定在新石器时代，我就是吹过江夏的一阵热风。再近一点，我可能是三国魏晋南北朝时期赤壁古战场上，一粒落在兵器上的灰尘。再近一点，我可能是唐代江夏纸坊造纸时一点尚未成型的原木纸浆。

再近一点，我可能是江汉平原的一棵树或者梁子湖的一条鱼……

二

说到梁子湖，我很难不第一时间想到上次逗留的新华村。

新华村就位于梁子湖龙湾半岛景区，作为武汉的"小马尔代夫"，与鄂州梁子岛交相辉映，着实让人惊艳。它的地理位置是很独特的，三面环水，对喜欢水的人来说，简直处处是风光。

而且在去之前，我就了解到，梁子湖龙湾半岛打造的是一个自然休闲度假栖息地，是我非常喜欢的那种简约、自然、舒适的新中式风格。所以我现在都还能感受到自己下车时的那种满心雀跃，随之而来的，是如湖风徐徐吹拂的那种惬意与放松。

真的太好看了！当我站在沙滩外面的主干道上，看着两排向远处延伸的高大香樟，就忍不住拍下了第一张照片。哎，我知道到处都有香樟，但我真的对这种大树，尤其路边成排的大树没有抵抗力。而且当时阳光可真好啊，把那些叶子都照得闪亮亮的。它们细碎的阴影投在干净敞亮的路面，像另一种灵动而神秘的生命。当然，路必须看不到尽头，那种悠长的延伸感，就是我们迷恋的诗和远方啊。

不过，我们并不是沿着这条主干道走的，而是走了右侧的小径。当时江夏本地的友人在忙其他事情，和我同行的是一位来自山东的女孩。我们都是第一次来到梁子湖龙湾半岛，对该往哪个方向走并没有明确的想法，但我们出奇得默契。

三

确实是没走错的。因为没走多远，我们就看到了几株绚烂的樱花。

没有哪个女孩能拒绝粉色的樱花！但在我青春期的时候，为了彰显自己的特立独行，我宣称粉色是我最不喜欢的颜色。在我初学写诗的时候，我从来都没有写过樱花。

但当人到中年的我，站在一棵开满粉色樱花的树下，我的心融化了。

那么温柔绵密的粉色，那么洁净清透的花瓣，怎么可能是俗气之物呢？每一朵，都是某双无形之手永不停歇的浪漫创造；每一朵，都是世界赠予我们的无尽热忱与爱。

在樱花树垂下的枝条边，我给山东女孩拍了很多照片。虽然我的摄影水平一般，但她是个非常有镜头感的女孩，有着樱花般的眼睛与笑容，所以很多照片都非常好看。

"我们来得真是好时候啊，花开得那么好，阳光那么好。"她满心欢喜地说。

是啊，三月的梁子湖龙湾半岛，可真迷人。但是如果我们早几天或晚几个月来，这里的美就会少一些吗？我想肯定不会，每一天的半岛，都是不一样的。

比如在樱花树旁，就有一棵花期快结束的白玉兰。它枝头的花朵像一些刚结束行程的旅人，透着一种宁静的疲倦。而草地上，也躺着很多快要干枯的玉兰花。我要觉得可惜吗？刚好错过它最美的时候。

不，一点都不。对我来说，这时候仍是遇见一棵白玉兰最好的时候。对它即将熄灭的火焰，对火焰中淡淡的哀愁，与对旁边那棵樱花树无尽的烂漫与缱绻，我怀有同样的深情。

四

其实除了樱花树，那片景区里还有一个给我留下非常深刻印象的点，就是那一段镶嵌在草地上、蜿蜒着穿过树林的环湖小轨道。

当时轨道上正好停着一辆粉色的小火车。真的太可爱了。自从我没有了年轻时的那种幼稚与偏执，我真觉得粉色应该永远属于浪漫、属于爱情、属于女孩。

不过，看着粉色的小火车，我当时满脑子想着的是我五岁多的女儿。哎呀，我要是把她带在身边就好了。小火车可是小朋友们的最爱啊，哪怕反复乘坐很多次，绕着湖一圈又一圈，或者哪怕小火车一直岿然不动，我的小朋友也会久久地坐在那车上乐此不疲。

而我这个大朋友，虽然也想乘坐着小火车去环湖，但当时身边没有什么工作人员。只好坐在小轨道上拍了几张照片。然而也正是在拍照的时候，那辆小火车迎面开过来——上面已经坐了两个大人，还有几个小朋友。最前面有个小朋友手里还拿着一支蓝色的气球，衬得整个小火车都怪好看的。当它哐当哐当地经过时，最后一排朝着尾巴坐着的两个小朋友，还乐呵呵张开着小手臂，大喊着："飞呀，飞呀……"

现在想起来，还是觉得那场景好温馨、好治愈啊。但是我又有些遗憾，我当时不应该急着去下一个目的地，我也要坐一次那个小火车。毕竟坐火车可以"飞着"环湖，和用两个脚丫走着环湖的感觉，是截然不同的啊。

嗯，闭上眼睛。哪怕只是想象，我也突然放松了下来。有遗憾也好，留着念想也好，我下次一定会带着女儿一起去。

一个诗人的温柔乡

去江夏
那边

五

如果真的带着我女儿去，还有一个地方是我们一定要去的。那就是半岛上的沙滩浴场。

其实那个沙滩，在拍主干道上的香樟前，我就看到了。但那会儿，我们并没有进去，只是站着感叹了一会儿，哇，这片沙滩好大啊。

"我等会儿要发个朋友圈，假装在海边度假。"旁边的山东女孩笑嘻嘻地举起手机，拍了几张沙滩的照片。

真的有在海边的既视感。从我们所在的视野，可以看到一大片辽阔的湖水。湖水在阳光下是淡而亮的蓝绿色，透着一种沉静的美丽。有的水面是波光粼粼的，像跳动着很多星星。这时我真的非常想走进那片沙滩，躺在那些米色的帆布伞下，慢悠悠地吮吸着椰子汁，或者只吹着湖风发发呆。

但直到傍晚，我才真的有机会走进去。当时一进去就感觉，哇，真有亚热带海滩的那种迷人风情了。也只有置身其中，我才发现这片沙滩浴场，真的非常大气。

不愧是目前国内最大的内陆沙滩浴场。据说它总面积有2公顷以上，可以同时接待万人嬉戏，比如打排球啊、拔河啊，甚至踢一场激烈的足球赛……这很了不起，但出于私心，我可不希望真的有那么多人同时在这里，与热闹相比，我相信宁静的沙滩更迷人。

"如果人太多肯定没有现在这么惬意吧。"我对江夏友人说。

"在旺季这里肯定会控制游人数量，但正常情况下，沙滩的容量都是不需要担心的。而且这里的设施很齐全很贴心，咖啡厅、休息室、冲浴间、户外自助烧烤，等等，无论你想什么时候再来，尽管来享受就是了……"

六

"下次你带闺女来江夏,我带你们去快乐星球部落。"在吃晚饭时,友人又兴致勃勃地给我推荐了一个适合亲子游玩的好去处。

快乐星球是一个无动力乐园,总面积13000平方米,有大型攀岩滑梯、彩虹滑道、网红双龙秋千、过山车、网红大蹦床……简直有"N+1"种玩法解锁小朋友的快乐。光听介绍,我这个大朋友都有些迫不及待了,但由于时间关系,我最终还是没有去提前探索这个超有趣的乐园。

但当时也没有多遗憾,因为美食可以弥补一切!当时我们的晚餐是在龙湾里的水云边餐厅吃的。这家餐厅以湖北本帮菜为主题,因为有着世外桃源般的自然条件,随时可选用新鲜无污染的鱼虾等食材,所以它家的湖产水鲜是绝不可错过的佳肴。

那天对于喜欢吃鱼的我来说,真的太幸福了。糍粑草鱼、湖水煮湖鱼、香煎红尾刁、饭蒸鱼等招牌菜都太美味了……人生有几次机会能吃到这样的全鱼宴呢?江夏之行到这里,已经远远不止"不虚此行"了。

既然聊到了吃,我顺便再谈谈住宿。我对有着武汉的"维多利亚港湾"之称的龙湾半岛酒店很有好感。虽然我没有入住过,但我当时曾穿过它的大堂去洗手间。出来时大堂经理还热情地告诉我吧台上有刚泡的花茶可以自取……后来我了解到,这家酒店涵盖客房、餐饮、会议、休闲、娱乐为一体,是全天候一站式休闲度假区,非常不错。

不过如果还想要更高端的住宿体验,可以去听涛别院。那里有八栋独体花园别墅,它的建筑、设计、装饰都偏古典风,与湖边山体公园融为一体,相映生辉。

但对我个人来说,我还是更偏爱民宿的文艺、恬淡与别致。有两家民宿的名字令我记忆深刻,一家叫观星里,一家叫栖云畔。想想吧,栖云畔之夜,揽星河入梦,多么富有诗意!

七

我们公司上个月组织了一次老教师团建活动,地点选在惠州的某个海湾度假区。

其实啊,要我说,为什么不选择去江夏呢?等明年,我必然会猛烈推荐的。

毕竟梁子湖龙湾半岛景区除了单纯的游玩,还可以举行户外婚礼或者生日派对……还非常适合公司团建啊,开会啊,等等!要知道梁子湖国际宴会中心占地面积就有1200平方米,可同时容纳1000人参加会议呢。而且它拥有高品质设施设备、豪华精致的室内装饰,可以说是从小型商务会谈到大型宴会的理想之选。

"某某某,辛苦了。"打卡机里传来的机械女声突然又把我拉回了现实。

今天的时间好像比平常快几倍,怎么就下班了呢。我慢悠悠地走出大楼,一种别样的亮堂感让我不禁欢呼——呀,天晴了。

马路对面的一排香樟树,棵棵浑身透亮,仿佛每一片叶子都散发着世界上最好看的那种绿色。而在这绝对与平衡的绿意之间,插着一棵巨大的泡桐树。

噫,满树洁白的泡桐花,这时候才开始好看起来。在下雨天,所有花朵都暗沉沉的,仿佛雨水熄灭了它们体内的小灯盏。我随手拍了一张照片,发给武汉江夏的那位友人。

"江夏有这种树吗?不下雨的时候好像还挺好看的。"

"最近工作太忙,没有注意。不过,我们江夏,什么花都有。"

虽然隔着屏幕,但我明显地感觉到友人语气中那种笃定与自豪。然后我的心也突然欢喜起来,是啊,江夏什么花都有。

不止花,好像一个诗人所需要的一切,江夏都有。

湖泗澴寻游记

✲ 师　否

一、导航者

对智者而言，大地皆可同行，因为这全世界都是善良灵魂的故乡。

——德谟克利特

小熊驾驶着一辆蓝色越野车在星罗棋布的湖泊之间左突右拐，我生怕一个不留神就栽入这荡漾不已的星丛之中。好在她车技娴熟，瘦小白皙的指节调动全身的力气，换挡转向、加速制动，全无生疏感；如果闭上眼睛，会以

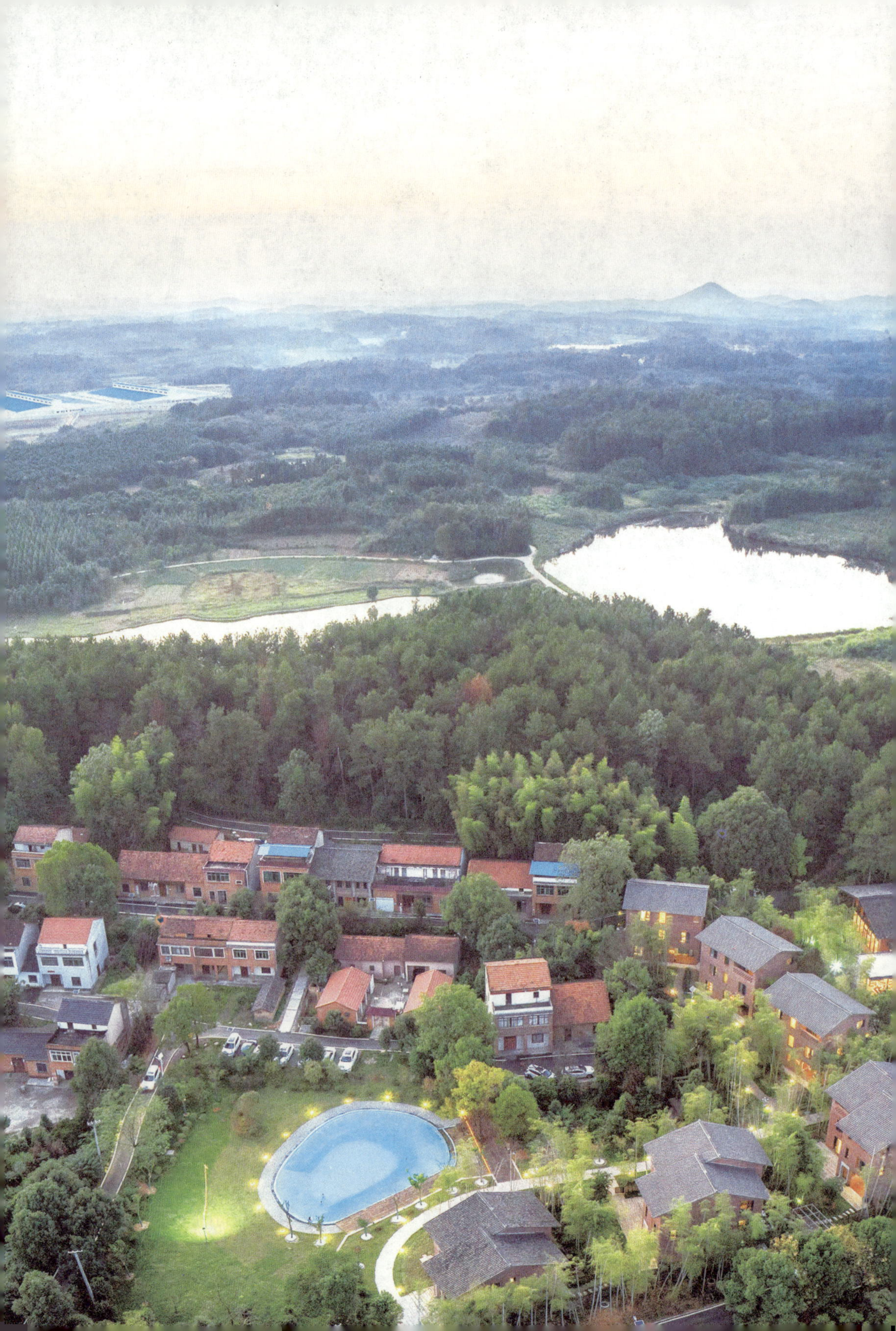

为她是在玩极限赛车。

  我们所处的位置是江夏区的梁子湖畔，因为前夜喝了许多酒，我一上车就几欲睡着，但她总是能默契地用一个急转弯将我激醒。我们一路往西、往南，又往东，然后继续往南；窗外的风声越来越小，梁子湖很快便被我们甩在身后了。我开玩笑地说你能不能开得优雅点儿，她说优雅的人开不了越野车。我说，口有点儿干；她说，你一身酒气，正好晾一晾。眼看着车窗外的湖泊越来越少，我问她到哪儿了，她不假思索地回道，北纬30°，东经114°。她回答得过于伶俐，我一时不知道如何接话，索性调低椅背，躺下来任由它东南西北。

  梁子湖我是来过的，但绕着梁子湖随意巡游我还是头一遭。凡事都有第一回，都有例外，都有盲点，就像江夏的朋友曾反复跟我提过武昌鱼、银针鱼和船钉鱼，但我始终对胭脂鱼情有独钟又一无所知一样。在大江大湖之间，有太多古怪离奇的东西，即使经天纬地者，也未必能遍识万物，倒不如安于盲聋，做一回逍遥游呢。

  我醒来的时候，车轮在乡村公路上跳跃着，时不时就能听见枯枝被碾断后发出的闷响，震得大地哗啦啦响。大片的田地沿着道路两侧平整地铺开，田埂上冒出了一抹又一抹新绿；从后视镜里看，那些田地像是被绿色的力量掀起，在听不见的乐声中缓慢地起伏、旋转。小熊说，过了五里界，就到湖泗街了。湖泗，真是个动人的名字，不是因为它以两个漂亮的元音收尾，而是因为它令我再一次陷入了历史的茫然。

  关于湖，有太多的说辞。大禹曾有"疏河以导之，凿江通于九派，洒五湖而定东海"之功，但他说"民亦劳矣"，要使民不怨，就要归利于民——"民无食，则我不能使也；功成而不利于人，则我不能劝也。"多大的智慧啊，利归于民，才能使民众劳累但快乐；治国如治水，人民在劳动中获得回报，民众才会快乐，与民同乐才不是一句空谈。

关于泗，汉代王充曾引述过这样一则传言：孔子当泗水而葬，泗水为之却流。此言孔子之德，能使水却，不湍其墓也。孔子因德性高炯而能使泗水断流，这当然只是百姓的愿望；王充这样的唯物主义先驱断然是不会信的，但愿望之所以能被相信，凭的不就是它保留了无限可能吗？

二、种植者

> 我的房子就在湖岸的森林里。房子是我亲手建的，方圆一英里内没有任何邻居，仅靠双手劳动养活自己。
>
> ——亨利·戴维·梭罗

过了湖泗街道，只一脚油门就见到了"海洋村"的字样。

海洋村的屋落如同珍珠般散落开来，又被新修的水泥路像串珠子一样整理得秩序井然。梅花尚且意犹未尽，道路左边的玉兰花和道路右边的油菜花就已经迫不及待地开了。几个村民在钢构温棚里忙碌地种植着希望，他们亲手从怀里捧出自己的艰辛，把它们悉心撒在了温热的土壤里。我不正是在希望的田野上吗？

利归于民，全靠圣贤；而民归于自然，能凭靠什么呢？恐怕所能凭靠的只能是每一颗热爱自然的心了吧！梭罗认为人一生不该工作六天、休息一天，而是应该工作一天、休息六天；从瓦尔登湖的四季轮替中，梭罗看到了自然的真相，而我眼前的村民无须任何借鉴就能投入自然，他们春天食桑葚，夏天尝瓜果，秋天有火龙果和果冻橙，到了冬天还有山笋。伴随着累累收获的自然是辛勤耕耘；他们每天都是在重新生活，这何尝不是一种天赐！

　　残荷还未生出新叶子，但很快就会结出莲蓬，开出映日荷花，这便是希

去江夏
那边

望所在。那些种植者永远都有希望，永远都在希望中奋力耕耘，并在希望中等待收获。大仲马说过，人类的一切智慧都包含在等待和希望之中；当然，这些沉默的种植者很快就会看到中华木绣球在枝头翻滚，告诉他们一切付出都会有回报。

越野车放慢速度，沿着新修的水泥路继续往群山

深处攀爬。时间的味道和植物生长的声音涌入车窗，仿佛在梦中被一朵柔软的花唤醒。时不时会有三两座屋落从树丛中冒出来，让你对那里住着的人充满了好奇，仿佛你又从一个故人的门口匆匆经过，却来不及招呼。但你知道，他们的门永远为你开着，不会上锁。

如果海洋村这串珍珠有绳结，那么它一定是夏公绰湾和杨由盅湾。那里群山掩映，林木葳蕤，流水声和鸟鸣声如同一曲无尽的二重奏，越过农家屋顶，穿过渔家船帆，直抵大江大海。杨由盅湾的溪流向南汇入了高桥河，高桥河又一路蜿蜒逶迤，向北注入了梁子湖。无论南或者北，无论杨或者梁，无论湾还是湖，大地上的事物都连接在一起；不仅如此，天上的事物和地上的事物，看得见的事物和看不见的事物，也都连接在一起。这就是所谓的生生不息吧？生生不息不只是说万物永生，也是在说万物共生。爱默生说，世界将自身缩小为一滴露水，佛家讲，一花一世界，说的都是同一个意思。

去江夏那边

三、筑居者

人生的本质是一首诗，人应该诗意地栖居在大地上。

——海德格尔

到了。小熊把我领进一片竹林后就去招呼其他朋友了。

我定睛一瞧，好家伙，"湖泗澨"！《唐韵》中记载："澨浩水，出西溪。""澨"者，水也；"湖泗澨"自然也该是一片被遗忘的海洋了。放眼望去，除了几幢红褐色的别墅之外，并无水泽；"湖泗澨"中竟无水，当我茫然的时候，一定是我理解错了。

索性绕过一片竹林往前走，突然看见一座民居。竹制篱笆旁边

有一口水井，在被玉簪和鸢尾簇拥的墙角，有几片芭蕉在风中轻轻点头，好不惬意；鲜嫩的芭蕉树后面是斑驳的墙体和古旧的门窗，犹如空置了很多年的家，等待着远行的游子归来。推开门，真是别有洞天——室内陈设极其考究，显得朴素而精巧，每一样家具之间都保持着恰到好处的距离；仿佛天工开物一般，保留着造物主滚烫的心。桌上插着新采的桃花，湿漉漉的花瓣周围嵌着几片绿叶，花色袭人，暗香盈袖。客厅的屋顶还开着一扇天窗，仰起头来就能看到一朵云追逐着另一朵云；夜晚也一定能看到星星相互低语吧。

退出门来，惊觉十步之内又是一扇门。然后，又一扇。我突然明白了"湖泗溷"的意味，它不是海洋，而是逝去的海洋，是以海洋之名锁住的时间——一片只有靠回归初心才能看见的云梦泽。在这里，一切都保留着原初的模样，我们的童年、我们的故乡、我们对自然的青睐和信任。屋内的一切顿时重现眼前，那花是童年保存的快乐，那桌椅是祖先操持的安稳，那家具

是故乡代代相传的风骨。就在这群山之中，就在这竹林花海之中，一个梦以雕塑般的姿势等着我们将它拥入怀里。

英国雕塑家亨利·摩尔曾说："如果可以选择的话，我愿意将我的雕塑安放在自然景致中，与树、天空和水，而非与任何人造的建筑物为伍。"我想他一定也会喜欢这里。穿过另一片竹林，看到了一片水，岸边有水鸟在踱步；它们迈着我不能辨认的步伐朝各自的方向前进。已经是傍晚时分了，迎风而去，能闻到湿润而洁净的空气，像是被大雨洗过一样。原来是一片从群山之中升起的湖泊，云彩在湖面上漂浮着，与波纹浑然一体；云彩，不就是凝聚在天空的水吗？离水鸟不远，几个孩子穿着五颜六色的衣服追逐着彼此，像是要从彼此身上找到另一个自己。不，还有一件白色长裙在岸边飘动。之后是静水流深。

对岸的树梢忽然一阵抖动。不知名的鸟飞向了我不知道的地方，但好在我看到了它离开后的风景——有人在对岸的夕阳下垂钓，阳光拂过垂钓者，在他身后轻轻留下了一片阴凉；鱼儿上钩了吗？也许他垂钓的并不是鱼，而是一颗自然之心吧！时间突然变得缓慢，一生仿佛很长，长到只有此时此刻。

四、点灯者

有一口气，点一盏灯，有灯就有人。

——《一代宗师》

我歇息的房间是由当地村民的老房子改造而成的，古旧的建筑结构搭配北欧田园风，显得敛雅温馨、浑然天成；如同在时间的大浪中层层沉积下来

的页岩，回荡着遥远的来自海洋深处的声音。

　　我躺下来，一边喝茶，一边打量红色的墙砖，那些烧砖时留下的颗粒依然清晰可见。谁的手曾紧握过那抔热土？谁的汗水曾把它浇灌成泥？谁的眼睛曾目睹它在淬炼中变得坚不可摧？又是谁的手小心翼翼地将它放在了另一块旁边，好让它们紧挨着彼此，直到挨成了一面墙？在我之前，是谁跟我一样越过山川湖海来到了这里？在我之后，还会是谁？

　　回过神，玻璃上映出一大片竹影。在傍晚细微的暖风中，它们摇曳着、摩挲着，在落地玻璃上不断变幻着图案。我起身拉开纱帘，世界一下子明亮起来;在竹林周围是一片花海,更远处是一片葱绿的草坪,和上面星辰般错落的露营帐篷。一个年轻的母亲正陪着步履蹒跚的孩子放风筝,风筝越过竹林,在高空发出清脆的声响。帐篷的后面是另一片湖水,清澈而蔚蓝,在蜿蜒的湖岸上架着一座宽阔的木桥,水缓缓地流过桥洞,去了农场那边。桥的另一边是一艘空船,静静地泊在水面上,一根绳索让它像水中的风筝,永不失联。太阳最后的光线将会在那里驻留;大概会如此吧,即便是在离开以后,太阳也会留下长长的、永不消逝的光芒。

茶座上的桌灯突然亮了。洁白的褶皱灯罩里不断溢出温暖,它们漫过竹桌竹椅,涌向竹床。我深吸一口气,再一次感觉到我和世界同时存在,就在此地,就在此时此刻。是谁为我点亮了这盏灯?谁又会被这盏灯温暖?无论如何,我感激这位点灯者,这位经受过风餐露宿却重建了家园的点灯者。首先是有一个人点亮了这盏灯,然后是这盏灯照亮了这座房子,其次是这座房子聚拢了周围的竹林、草圃和田园,以及更远处的湖泊山川——世界顿时变得清晰起来,散发出从未有过的脉络和气味。我不由地想起华莱士·史蒂文斯放在田纳西州某个小山顶的那个圆形坛子——"它使得散乱的荒野/都以此小山为中心。//荒野全都向坛子涌来,/俯伏四周,不再荒野。//……它统领四面八方,/这灰色无花纹的坛子/它不孳生鸟雀或树丛,/与田纳西的一切都不同。"

是的,一切都可以与众不同。我们热爱生活不是因为我们拥有一个世界,而是因为我们创造了一个世界;就像"湖泗滆"那样,可以在群山深处创造出一片云梦泽。

瓷上风华说湖泗

❋ 维 摩

　　春入江夏，尚有三分料峭。大片的油菜花正在梁子湖周围努力生长，耀眼的金黄随风摇动、四处流淌，覆盖了脚下的土地。"去故乡而就远兮，遵江夏以流亡"——屈子在《九章·哀郢》中一句心灰意冷的叹惋，无意间成就了这个诗意的地名。两千年时光弹指而去，如今，这里不再承载屈原去国怀乡的漂泊离愁，不再上演刀光剑影的三国旧事。这里是新鲜蓬勃的江夏，是江汉平原文脉之所在。

去江夏
那边

就在那些油菜花扎根的地方，堆积着厚厚的瓷土和釉料矿物，沿着绵长的湖岸蜿蜒分布。这是烧制瓷器必需的天然材料，湖水又为大宗货物运输提供了便利条件。按理说，这里应该是烧窑制瓷的好地方，可是放眼整个湖北，数百年来流传的却是"白云黄鹤无瓷窑"的说法。难道江夏的祖先们，并不懂瓷吗？

湖泗，地处江夏区东南部，原名湖泗桥。据《江夏县志》载，早年有大沟湖水直达镇头，木船可经梁子湖通往长江，镇内有四座大桥，桥下湖水常流如泗。湖泗桥由此而得名。"湖泗"二字也沿用至今，此地为清末江夏县六镇之一，水运发达，民丰物阜，2013年，撤镇设湖泗街道，总面积84.7平方千米，距江夏区政府所在地56千米。

1974年，考古工作者在文物调查过程中，在湖泗一带发现了古陶瓷残片，随后又在夏祠湾村发现了古窑址。这些发现不仅改写了湖北无古瓷窑的错误认知，还极大调动了文物工作者们的兴趣。经过他们的不懈努力，相继又在梁子湖沿岸的湖泗、舒安、山坡等乡镇，共发现窑堆85处、龙窑窑膛112条，出土了影青釉弈棋瓷枕、青釉瓜棱瓷执壶、影青釉六管瓷香薰、青白釉莲瓣卧足浅腹碗、青白釉划花瓷碗、青釉瓷壶等代表性器物，确定了这里曾经是千年以前江汉平原上瓷器的烧制中心。

影青釉弈棋瓷枕：造型呈亭榭状，亭榭屋顶稍加变形夸张，形成枕面。亭榭墙壁、窗棂俱全。亭内镂空，四人于亭内下棋，两人对弈，两人观战。亭外有绿树环绕，意境清幽。

青釉瓜棱瓷执壶：执壶最初的造型是由青铜器而来，南北朝早期的青瓷当中，已经有了这种造型，多为酒具。直口微侈，长颈，宽柄，弯曲细长流，壶身呈规整的10棱瓜瓣状，形似南瓜，因而得名。

青白釉莲瓣卧足浅腹碗：敞口，浅腹，卧足。口呈十一瓣莲花状，釉色青白，开冰裂纹。相比于常规的器形，花形碗的工艺要更为复杂，碗口的莲瓣，是由工匠用竹刀细致地塑造，才有花瓣轻盈的质感。

根据考古学遗址定名原则，江夏的古瓷窑遗址被定名为"湖泗窑遗址"。湖泗窑遗址的发现，填补了湖北古代窑瓷史的空白，弥补了湖北文物考古的缺环。2001年6月，"湖泗瓷窑址群"被国务院公布为第五批全国重点文物保护单位。在考古和文献资料的支持下，江夏的学者们经过研究，梳理出本土制瓷手工业的源流：湖泗瓷窑址群初创于晚唐五代，并一直延续到元明时期，其中以宋代为主。窑址群规模庞大、数量众多、分布密集，是湖北地区最具代表性的民间瓷窑址群。窑址群内出土了大量的青瓷和青白瓷器，类型丰富、造型多样、纹饰精美，反映出当时较高的制瓷工艺水平和独特的艺术审美特征。

去江夏
那边

对于"湖泗窑"这个名称,当地瓷文化从业者文晖有着不同的看法:

"这是文物考古的命名方式,不是瓷窑的。比如我们熟知的景德镇,比如汝窑、钧窑、定窑、龙泉窑,等等,大多是以宋代州府一级的名称来对应定名的。湖泗是一个街道,可以代表窑址最先发现的地方,却代表不了整个江夏、整个武汉,更代表不了整个湖北的瓷文化。"

说这番话时,我们正置身于锦绣山庄文化艺术村一处别致的院子里。据说这是文晖从江西整体搬迁来的一栋老宅子,宅院的照壁上贴满了破碎的瓷片。月门、花窗、青瓦、短墙,与这些青白色的瓷片,构成了一组奇异的组合。穿过照壁,在花园小径缓行几步,便可以看到那栋二层老宅,老宅门口

挂着的铜牌上写着"武汉江夏湖泗瓷窑青白瓷陈列展"。

中国的瓷器烧制历史非常悠久，在英语中，瓷器（china）与中国（China）同属一词，可见中国瓷文化对于世界的深远影响。早在二里头时期，就出现了早期的瓷器，也就是我们所说的原始瓷。东汉时期，出现了真正意义上的瓷器。魏晋南北朝时，制瓷技术有了进一步的发展。到了隋唐五代，中国古代制瓷工艺基本成熟。

就在这个时期，中国的制瓷工艺形成了"南青北白"的格局，并以此引领后世中国瓷器的基本风貌。"南青"，指的是南方浙江的越窑青瓷。历史上这里一直以烧制青瓷为主，具有深厚的制瓷基础和技术力量，至唐代技艺更加娴熟，被称为"诸窑之冠"。陆龟蒙有诗云"九秋风露越窑开，夺得千峰翠色来"，形象地描绘了青瓷的特点。"北白"，指的是北方河北的邢窑

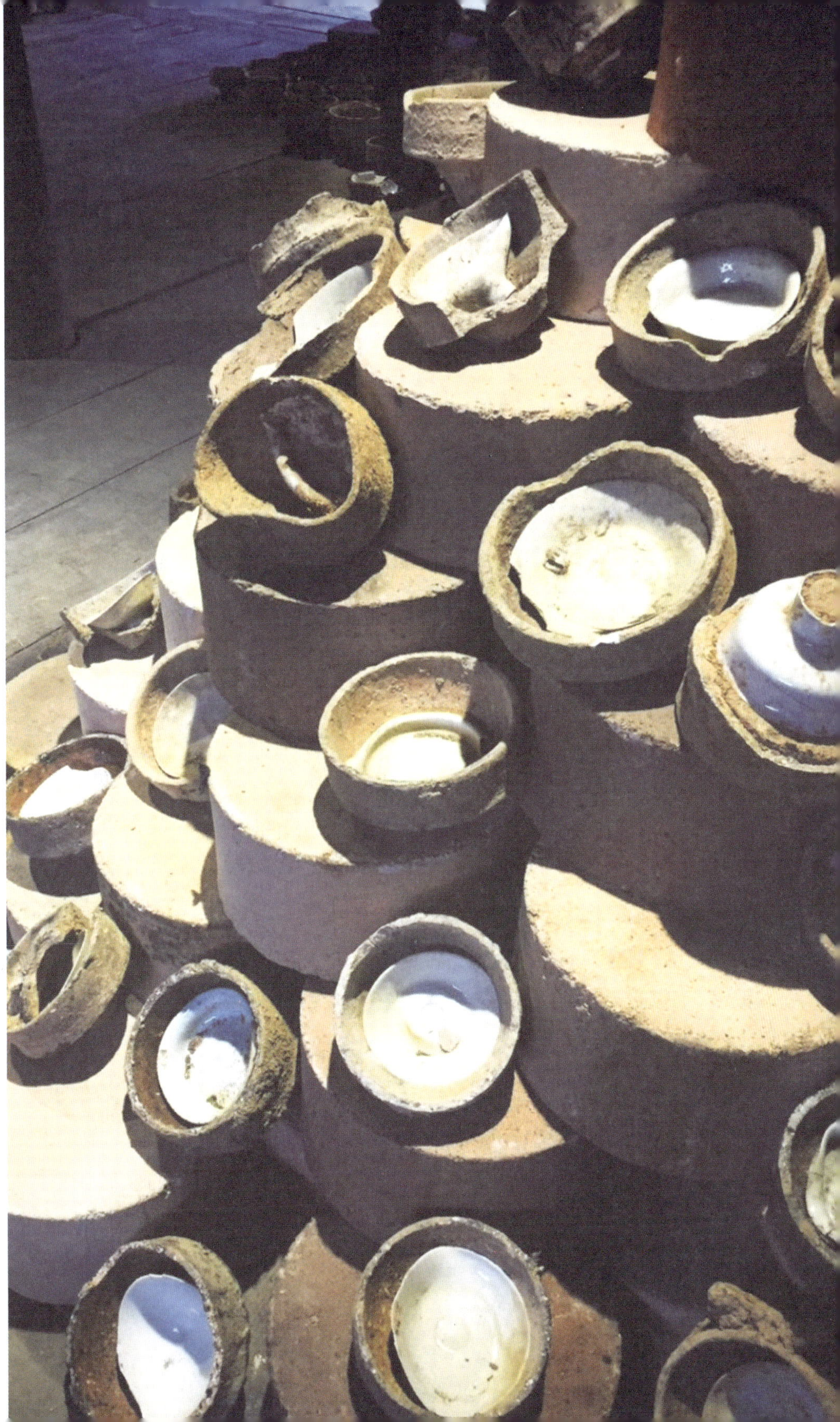

白瓷。白瓷较青瓷的出现要晚很多。我们今天的瓷器，烧成白色是基本功，可在中国古代陶瓷史上，这是个划时代的贡献。在南北朝之前，陶瓷皆以青釉为主。白瓷与青瓷，最大的区别就在于含铁量的不同——只需将原材料的含铁量降低2%以下，即可烧成白瓷。这个伟大的创造，为后世精美绝伦的彩瓷发展奠定了良好的基础。邢窑白瓷素以"洁白坚致""似雪类银"而著称，唐代是其最为鼎盛的时期。杜甫也有诗称赞白瓷是"大邑烧瓷轻且坚，扣如哀玉锦城传。君家白碗胜霜雪，急送茅斋也可怜"。

江夏位于南北文化的交界带，既受北方白瓷文化的影响，也兼容南方的青瓷文化。这里的古瓷窑，多生产青白瓷，兼有青瓷的润泽和白瓷的细腻，自成一派。古代的工匠们在湖边就地取材，沿山就势，起长龙窑烧制。开窑之后，成品中合格的装船运走，不合格的就地掩埋。在漫长的烧制历史中，留下了许多蛛丝马迹。因为当时的装烧方法以一匣一器仰烧法为主，烧坏的器物多与匣钵粘连，所以可以在荒烟蔓草中长久存在。今天的考古工作者，可以谨慎地剥离匣钵，得到较为完整的器物。据说早年间，当地农民在田间地头捡到类似的匣钵，会用锄头小心敲碎外面的匣子，常常可以得到一个能用的碗碟。在文晖的展厅，也放置了一些这样的残件，可以让游人直观感受到穿越时光的沧桑感。有时讲解到兴奋处，文晖就会拿起一件，把湖泗窑的烧制细节讲给游客们听。

在当时，湖泗窑的产品以普通老百姓的日用生产、生活用器为主，为了适应不同人群的需求，湖泗窑的产品也有精、粗之分，品质也有高中低档之别。从湖泗瓷窑址群来看，当时的窑址众多，产量颇高，因此其产品不仅仅供应当地百姓的需求，也会销往外地。据最新研究资料显示，湖泗窑的产品甚至曾经远销海外。

即便如此，湖泗窑还是不能与五大名窑比肩。文晖认为，它们各有特色、各美其美，五大名窑在贵族阶层那里拥有更多拥趸，而湖泗窑也在民间占据了更多的市场份额。这点从湖泗窑的主要产品中就可以看出来，碗、盏、盘、碟、壶、罐、高足杯、瓶、粉盒、灯、钵、盂、熏、枕——都是与百姓的日常生活息息相关的。如果把备受世家大族推崇的"五大名窑"的产品比喻成大家闺秀的话，那么湖泗窑生产出的产品就犹如小家碧玉一般。它们并不是那么惊艳夺目，却清丽质朴、简单实用、质优价廉，最受寻常百姓的喜爱。

锦绣山庄的青舍门口，挂着一个"武汉大宋武昌窑研究所"的牌子，颇为引人注目。

"我前面说过，湖泗窑这个名字更接近于考古，按照瓷窑命名的原则，宋代我们这里属鄂州，宋以后又称武昌府，所以叫这个名字更加贴切一些。"

正是午后无人，青舍内外只有淡淡的茶香。青舍是锦绣山庄文化艺术村的颜值担当，是文晖倾心打造的一个瓷文化主题会所。相邻处还有几间新盖好的民宿，素朴自然，舒适精巧。我昨天到这里时，同来的还有十几位女诗人，带队的是散文家朱零和小说家王祥夫。听说这里要挂牌成为湖北首家女诗人创作基地，她们都很兴奋。附近的小路旁，早已树起了许多牌子，牌子上面呈现的是她们的诗作，排版很别致。诗句与风光相映成趣，也算是锦绣山庄的独特风景吧。

而现在，青舍里非常安静。天青色等烟雨，烟雨未至，天青色却随处可见。这里是文晖的现代瓷展示区。除了复烧和传承传统的"湖泗窑"作品，他将更多的精力放在创新上。

"其实也不敢妄谈创新，我们今天认为美的那些东西，前人也都做过了，"文晖说，"我个人非常崇尚北宋，那些极简审美做出来的东西，特别耐品，那是中国审美的高峰。"

文晖非常喜爱瓷文化，许是乡土相连，爱屋及乌，他对于江夏的湖泗窑情有独钟。20多年来，他一直致力于当地瓷文化的挖掘和发扬工作。为了更多地了解制瓷产业的历史文化和现代技艺，他走遍了全国各地的大窑名窑，尤其对汝州的"汝瓷"兴趣很浓。

"我们都知道那个故事，汝瓷起源于宋徽宗的一个梦。梦中他看到秋日雨过天晴的景象，于是吩咐能工巧匠：雨过天晴云破处，这般颜色做将来。汝瓷是北宋瓷艺的巅峰，非常值得现代人学习。我每年要去汝州的汝瓷小镇好几次，在那里也有很多朋友，经常探讨瓷艺的发展方向。汝瓷中的许多造型，是值得我们湖泗窑学习借鉴的。"

湖泗窑在元明之后遭到废弃，以至于淹没于史籍而不见载，为后世留下了许多未解之谜。也正是因为这样，现今留下的湖泗窑精品是极有限的。对于这些精品的仿制和复烧、传承和学习，当然是必要的，但是仅仅停留在这个层面，很难让湖北青白瓷这个瑰宝重新散发光辉。在现有的基础上，制造出新的、符合现代人需求的青白瓷瓷器，才是更值得去尝试的。

在青舍，文晖为我展示了几种他们烧制的日用瓷，其中一个是餐具配套的毛巾碟。我一眼就看出，它取材于汝瓷中著名的青瓷无纹水仙盆，然而用青白釉来烧制，成品中便多了几分轻盈感，同时，他还别具匠心地将平口改成了莲花口，碟底部分则装饰以刻花的缠枝牡丹。武汉也好，江夏也罢，都是河湖纵横之地，莲花是最为常见的，也是深深融入当地人生活的一个审美符号。在自己的瓷器上，融入当地的审美符号，是再自然不过的，这样在传统审美基础上的创新，接受度自然是好的。

与之同为一个系列的，还有餐具、茶具、咖啡具，每一件都值得把玩良久。转过陈列区，迎面墙上贴着一幅巨大尺寸的敦煌菩萨像，走进细看，才发现是一件瓷板工艺品。"这么大的作品，是一次烧制而成的，我们的艺术家用釉料在瓷胎上作画，看不到任何色彩，只能凭想象，直到出窑才能看出效果，难度很大，"文晖说，"这也是我们的一个全新尝试，做一些敦煌题材的装饰瓷，满足一些高端需求。"

除了现代实用器和装饰瓷，文晖和他的艺术家们还尝试性地制作了一些新派的礼品瓷。在2016年举办的首届"武汉印象"城市礼品创意设计大赛上，他们创作的以武汉的人文标志（黄鹤楼、古琴台、晴川阁）和青白瓷工艺相结合的文创产品——"观山水"摆件，荣获"武汉礼物"荣誉。

古老的技艺，融合进现代的理念，才能绽放新的光辉。江夏有文晖这样的瓷文化从业者，有他们的不懈努力，"湖泗窑"必然会在武汉的文化建设中走出一条风景独具的道路来。

八分山探秘

❋ 黄 海

　　山是江夏很少提及的话题。江夏以江河著大，以湖泊著雅。有长江、金水河的奔腾不息，也有百湖凝聚的灵秀风雅。其实，江夏也以山寻幽而揽城中之翠。江夏区政府所在地纸坊街道，三面环山，一面临水，山水相连，风景秀美，东南西面分别是林木葱茏的大花山、青龙山、八分山，北面是烟波浩瀚的汤逊湖。地势呈靠椅形，青山如黛，碧水如诗。山稳根基，水聚财源，这里可谓是块难得的风水宝地。

　　八分山是江夏标志性的山体，虽然海拔只有272.3米，但因纸坊街道平均海拔只有20～30米，且兀起般坐落于汤逊湖畔，自然显得格外挺拔雄伟，被誉为大武汉的天然屏障。山上林木冲天接地，溪涧流水缠绵悠悠，林

去江夏
那边

间松涛阵阵，到处鸟语花香，是净化城区的天然氧吧，更是市民休闲游览的乐园。因南面山麓存有"白云千载空悠悠"的白云洞以及大山深处隐藏一座暮鼓晨钟的唐代古刹慈云寺而更加充满神秘色彩，近年更由于八分山上眺望最美日落而成为网红打卡地。

一

八分山为境内一大名山。《江夏县志》记载"该山望如列屏，为省会之朝山，有水分流如八字"，故名八分山。

八分山是红色的山，也是传奇的山。其神奇的传说可谓优美动听：一说山中藏着许多宝物。一天一只贪得无厌的大神龟，盗走了山中的许多珍宝，得知情报的王母娘娘甚为恼怒，一脚踩住巨龟之背，令其交出所盗之宝，神龟疼痛不过，只得一一交出，共有八件宝贝，故名为八宝山。这八宝所指何物，众说纷纭莫衷一是，不知其详。但山上八大优美的景点倒是吸引游客。一曰白龙官；二曰系马桩；三曰子午石；四是下马石；五是大佛树；六是佛脚印；七是透明碑；八是飞锡泉。每一处景观都有一个动人的故事。如子午石呈圆顶型，正南北向，高150厘米，顶宽55厘米，底宽110厘米，厚50厘米。东侧正中横刻"八分山之神"五个大字，为嘉庆十二年（1807年）湖广总督汪志伊所题。又如飞锡泉，传说为唐代飞锡禅师为救民抗旱，用禅杖凿地而成。

二说有一天玉皇大帝变成一个老翁微服私访，来人间察看善恶。来到汤逊湖边，只见一条青龙与一条乌龙正在打斗，一时斗得天昏地暗、飞沙

去江夏那边

走石，且伤及许多无辜。一经打听，原来是乌龙相中了这块有山有水的风水宝地，欲占为己有。因此与奉天命在此镇守的青龙大打出手。玉帝不禁大怒，猛然抽出斩妖剑，一气之下将乌龙斩为八段，后来乌龙的碎尸化作八座山峰，故名八分山。得胜的青龙仍不敢擅离职守，便化作一座逶迤青翠的山脉，这便成了紧依着八分山的青龙山的来历。

还有一说，那天文殊菩萨云游至此，想借山顶俯视长江。谁想他一只脚刚踏上山顶，山神就急呼："小神只有八分功夫，承载不起菩萨金身。"说罢便左右摇晃，试图将文殊菩萨摔下山去。文殊菩萨就势一扑，驾云西去，后人便将此山称为八分山。山上至今仍存有"佛脚印"景观，相传乃当年文殊菩萨的足迹。

八分山探秘

去江夏那边

八分山是秀丽的山。每当上得山来，入眼皆见林深叶茂、山秀泉清，风景优美，气候宜人，因其独特的人文景观和冬暖夏凉之地理环境而成为人们旅游的胜地。尤其是炎热的盛夏，三五亲友在林荫下松叶间席地而坐，轻风吹来花的芬芳，苍松翠绿洋溢出纯净的清香。耳边传来那松涛的雄浑、画眉的婉转、慈云古刹的钟声，仿佛向人们讲述八分山那些优美传说，令人沉醉其间。

如今涉足江夏的游人越来越亲近八分山。每天清晨，三三两两或成群结队的男女老少徒步登山锻炼，吸纳自然之氧，八分山成为广大市民健康文明生活方式的一个重要去处。不知从哪一天起，八分山顶观日落成为一大景观。每当云淡风轻的日子，站在八分山顶，在辽阔的视线里，城市楼群一览无余。汤逊湖、黄家湖、青龙山、大花山在眼前一字排开，尽收眼底。看江天落日，览湖光山色，任尔清风拂面、自觉神清气爽，八分山顶成为一处新的休闲网红打卡地。

二

俗话说：自古名山僧占多。八分山有了名，必然引来高僧修建寺庙，庙宇名山必出名寺的传世篇章。山因寺而名，寺为山增辉。果不其然，八分山远在唐朝时期就修建了盛极一时的香火旺盛的慈云寺。

据清同治八年（1869年）刊印的《武昌志》记载，慈云寺为唐代创建，距今已有1300多年了，为当时的荆楚名刹。唐贞观年间（627—649年），著名佛学大师飞锡禅师云游经过此地，只见清澈的汤逊湖连通长江，湖边拥有一座小镇，是著名的造纸作坊（纸坊因而得名）、陆路驿站、河运码头，水陆并济，是一处绝佳用地。就在这湖泊与小镇之滨昂首可见有一座云雾缭绕、苍松叠翠、松竹成林、山花绚丽的山峰。湖光山色风光秀、人杰地灵神仙来。好一块佛山宝地啊！飞锡禅师毅然决定来八分山上建造寺庙。不过多久，山上便有了气势恢宏、庙宇连绵、浑然一体的八座寺庙，均分占八座山峰。慈云寺建在八分山顶，雕龙画凤，雄伟壮观。每当旭日东升，慈云寺被照得金碧辉煌，木鱼敲击下的佛音梵唱，使人佛心顿生。站在山脚下仰望慈云寺的金顶，金顶在腾腾云雾中耀眼发光，大有神仙降临之奇妙，顿使人肃然敬穆，邪念不生。

拥有唐朝旺盛香火的慈云寺，居士遍及方圆数百里。香客云集其寺，拜佛诵经，历经百年而不衰。由于战争狼烟的毁灭，自唐宋元到明清，曾几废几兴。时至清朝初期，慈云寺得以重新扩建，再现了唐时的风范。令人惋惜的是到了中华民国时期一蹶不振。

慈云寺被拆除，广大信众却始终念念不忘昔日的佛光鼎照，重建慈云寺的呼声从未间断。在21世纪初，江夏区顺势而为，启动了在八分山重建慈云寺的计划。不过几年，一座金碧辉煌的慈云寺又重现八分山顶。走进今天的慈云寺，一处古刹老树，满堂袈裟僧人，庄严肃穆的念经祷告声声入耳。

求签的信众、跪拜的香客、念经的僧人庆幸曾经灭寂的佛音又得以在名寺中传唱。

三

八分山南麓有一道贯通山体的石灰岩溶洞，名叫白云洞，相传此地曾为白云仙子居住之乡。因蛇山黄鹤楼的仙道驾鹤云游四方，该洞是仙鹤飞行途中的栖息之所。又因洞顶常有云雾缭绕，白云黄鹤交相辉映，故有"白云黄鹤"的传说，"白云洞"也由此而得名。

白云洞山色秀丽，景色宜人，溪流潺潺，磬声渺渺。仰首山峰叠起，云遮雾罩，使人欲幻欲仙。前洞有无梁殿，中洞有天井，后洞有过道，洞中雕刻的石佛像和大量的明清崖岩石刻，形成了风格独特的人文景观。

主洞的前洞口南开似人造拱门，高宽相近。洞口西壁镌刻行楷横书"白云洞"三字，落款为"芝冈"，是明代兵部尚书、江夏"四贤士"之一的熊廷弼所题。东壁横刻"两间磅礴，一个崆峒"八字为两排楷书。西壁留有"白云洞四通八达，无梁殿万古千秋"的楷书石刻，落款为"大清光绪三年春，洞前居士王菊人刊"。稍往里走，东壁上刻有"水流云在"四字，由湘军将领罗泽南题写。前洞后右壁有一岔洞，光线幽远深不可及，鲜少有人探底。在入口两壁，依稀刻有李续庚题写的"这里看过""曲径"等字样。紧接前洞的是"无梁殿"，因其依天然溶洞稍加斧凿而成，又无梁柱，故而得名。洞中有唐代凿立的阿弥陀佛像一座。据《江夏县志》记载，唐朝贞观年间，舆骆禅师已将佛法传入此地，在八分山顶建立慈云寺，在白云洞中凿洞造像建立石窟寺，使该地区域成为规模影响较大的佛教圣地和祀神祈雨的场所。

中洞为一条形通道，前接无梁殿，后向西北延伸。在灯光照射之处，但见怪石突兀，钟乳石鳞次栉比，或如金刚倒悬，或似龙鳞剔透。静立其间，聆听洞中滴泉的淙淙流淌，犹如一曲曲佛乐天籁。古人有诗赞曰："殿上无梁筑仙台，叠叠崆峒自天开。两间磅礴幽圣境，一曲清波神女来。"

天井东南接中洞，平面呈鸭蛋状，顶部缺口可仰视见天。原为"仰见隙中如月"的"天窦"，后因相关单位以安全为由，炸去天井上面的危石，成为四周空旷壁立的天井。在天井的左壁上，刻有罗泽南题写的"雷闪洞开"，题词很形象，如此天井确像惊雷击开顽石形成的一条缝隙。后洞西壁近尾处，有一洞口连接外面八分山的山谷，白云洞中的流泉即源于此。由后洞穿出后，也可踏着幽径攀登至八分山顶。

去江夏那边

　　1985年5月，考古专家在洞内发现了古脊椎动物化石，有乳齿象、豹、熊、鹿、犀牛、猴、羚、大熊猫等，地质年代为更新世晚期至全新世早期，距今1万～1.8万年。白云洞石窟是江南极少见而为武汉仅有的石窟，是与中国北方石窟艺术文化形成对应而融合的一个见证。

　　当人们依依不舍走下八分山时，回首白云紫雾仍在山顶缭绕，给秀丽的山峰增添了神秘的色彩。这时我们心中应该会冒出一个念头，真想转告白云黄鹤之乡的人们，就在这座城市，一个冷僻幽静的地方，有一座秀丽的山峰，还有一座千年的古刹，更有一座天然的石洞，还可以观最美的落日景观，我们无论如何都应该去看看的，因为它与我们这座城市的文化渊源和文明传承密切相连，这才是八分山的神秘所在。

鲁湖秋歌

* 龚健康

在地图上看，鲁湖与长江有段距离，像是一座静止的灯塔，伫望着流动的货轮。纤夫的吆喝声，汽笛的鸣响声，来往的风和云，对这片土地都有切身的记忆。金水河连通长江、鲁湖、斧头湖，四通八达的乡村交通连通了自然和我们。和县明驾车去王家新屋湾采写，或少或多探听了些鲁湖的秘密。退休的老校长拿出他家的王氏宗谱，同我们讲述他祖先从江西搬迁至湖北，在湖北几经迁移，最后落户在鲁湖河畔的历史。他们的生存法则很简单，礼貌，谦逊，彬彬有礼，对万事万物保持着亲和。几栋老屋的檐下，柴垛高过额头，屋后种了很多金丝楠木，这样的经济型作物在他们眼中，只是退耕还林的绿化理念，并不夹杂着其他复杂的思想。老校长家的庭院朝西南，没有围墙，一片田野举着秋风向这位把一生奉献给乡村教育的老校长致敬。金色稻穗沾染了晨曦沉甸甸地点头，和学堂里咿呀学语的孩童一样，在这位和蔼的老者面前，保持着聆听受教的姿态。老校长的族谱记载了很多年的历史，再早很多年的，老校长也只能凭借着祖辈父辈口口相传的碎片化记忆进行串联整理。那会儿，鲁湖还没禁捕，附近很多人以打鱼为生，在"三山三水三分田"的格局中，打鱼和种植的生存空间相近，都有风险，存在着太多祈盼无法解决的古老因素。没有谁能估算出夏秋时节的降雨，时令很调皮，经验只是一次次惨痛摸索出的记忆残骸，有时甚至还将决策引向错误。干旱永远是种植的不确定因素，就像不是每一网下水都能捕捉到鱼虾，也不是每个季节都适合捕捞和种植。这些谁都无法保证，努力只是周边人民幸福生活的正向迁移，并不负责绝对的成功。

打鱼为生，在工业文明发展的现在，似乎衍化成为一个浪漫的词汇。酾酒临江，一舟南下，这些存在于我们记忆中的美好，总伴随着生活的具体苦难，给人假意和更多干扰判断的其他侧面。略有生活经验的人都懂，打鱼，是危险的事业，打鱼为生，是无可选择的最后选择。老一辈农耕人对江河湖海，都有痛的记忆。走访期间，不难听到谁家的谁谁谁在哪年被湖水带走，他人生剩下的春秋不够偿还亲友的悲愁。是吧，鲁湖美的背后，是风险和桃花源背后的真实呈现，存在于课文中的水云间，是美学和诗意的诞生地。而存在于附近居民生存的水云间，是可能随时面临灾难的现实主义，足够现实，足够荒诞，足够魔幻。确定以打鱼为生的人，向鲁湖博取生存，鲁湖也向他们搏命。双方对峙了无数年，有丰收，有灾难，有喜笑颜开，有度日如年，谁也没有资格埋怨谁。一种平静下，是退无可退、进无可进，贫穷固然可以向山林伸手，山林自然也可深埋陷阱，如何向世界谋取更多，是这片土地上思考了千百年的问题。谚语和方言，是肢体劳动时声音裂变出来的，产生后经过发展形成独特的文化属性包围了武汉，也正是千湖之城的灵性所在。水，存在于他们体内，是粘贴在姓氏中的生命流传。这里遍地的村落以咀、湾为名，无疑都和水有关。

很好理解，挨着斧头湖，便有斧头湖的地域文化，还有梁子湖、东湖、汤逊湖。凭着对文化属性的感知，很好发现，武汉城区或郊区出现很多有"嘴"的地名，大概率是"咀"的误写，我查证过，比较可靠。类似于此的文化属性，不单是湖和水，很多从湖泊之地走出的村镇青年，成为外面城市现代化建设的青年力量，他们当中的很多人，是自家农耕生活的最后一代了。木犁、尖锄、割禾机，躺在角落吃了很长时间的灰，它们的锐利早被锈迹和腐气包裹。以后的事谁也说不准，农村包围城市之后未必不会有城市包围农村，禁捕恢复生态后也许会放开。老校长说，王家新屋湾以及隔壁的熊家湾，年轻人大多投身城市了，围绕湖泊留守的，多为空巢老人或留守儿童。我走访的很多村湾，村中心基本是便利店，店门口围坐着一群人，细看，平均年纪得有六七十。我有过这样的尝试，买瓶饮料问店家拿把小凳子，坐在他们之中，听他们谈论着谈论过很多回如今又继续谈论的旧事。要写鲁湖，必然不可绕过这些人，他们的经历是真实发生在这片土地上的。

这是我在熊家湾的亲身体验。离开熊家湾，县明开车带另一位老师到花园圃，我在路边搭了一辆电瓶车，抵达马蹄口村委会。这儿的马蹄口，是金水河在村外绕了个"U"形的马蹄。还有一个说法，是日本侵略者的骑兵践踏而过，当地人为了纪念这段历史，遂叫马蹄口。谈及此，我无法抛开历史谈自然上的象形感受，囿于无法求证到更为确切的信息，不好妄下推断。但金水河在马蹄口地段的重要性不容忽视。一面连接长江，一面连接鲁湖，据村委会老人讲述，金水河过去还负责从马蹄口到长江路段的航运。我去河边看过，觉得不太可能。河床见底，无论河道宽度还是河水深度，不足以通航，只能浮动几艘小型渔船或竹排。也可能是禁捕后河道失修，没有及时疏通造成泥沙堆积。金沙河防汛的作用可能更大，在鲁湖流向长江的马蹄口，金水河上有着数道闸口，用于泄洪或防止汛期时长江倒灌。

那汪清波漾漾的金水河，别过时间的奔跑曲线，兀自守在光阴里，等候秋天打马而过的书生。我愿意以湖水或江河理解武汉，在城区坐公交车穿越汤逊湖到藏龙岛，见过那边小区楼下开在深处阳光中的梅花，冷艳，有春桃的浅红。我教小作家班的孩子们写诗，经常以这座城市的湖水和季节为例。从马蹄口村到花园圃，承包了这片区的农场主陈叔邀请我们在他家吃午饭，临时用现有食材进行炒烩。一盘南瓜、一盘茄子烧豆角、一盘红烧咸鱼、一盘炒莲子，还有一碗颇具湖南风味的芝麻黄豆姜丝茶。陈叔五十来岁的样子，操着一口略带湖南腔调的武汉话，给我们讲扎根花园圃的经历。长这么大，第一次吃清炒莲子，这必然是可以记住一生的惊喜。对于善意的淳朴，从中收获到的感动，永远是内心深处的热泪盈眶。临湖之地的渔牧秋歌把凋零引向黄金色的殉道，给人错觉般的升华大于死亡。总有些朴树把秋意藏在腹中，把和梧桐落叶一样的枯黄埋在心里，替眼睛保守一段时间，等初冬时捧在手心，献给因忙碌顾不上抬头而错过秋天的人们。

也许更靠近鲁湖吧，桂山村的秋天格外成熟些。离开法泗荷塘碧绿的参差，路过桂子山，田间小道引我们朝鲁湖边的村庄走去。在茅田畈又进行了一波考古，地图上的"茅田畈"与路标写的"矛田畈"明显不一致，经向当

鲁湖秋歌

地老者请教，原先茅田畈杂草丛生，顾名茅田畈。近几年因乡村振兴建设和全域旅游开发，村里村外环境焕然一新，已摆脱了过去茅草扎堆的荒野景象。经村委研究决定，将"茅田畈"改为"矛田畈"，去掉茅字的草头，意为摘掉贫穷的帽子奔向新时代的发展，同时保留着一样的音韵，叫喊起来不至突然陌生。这，不可谓不智慧。围绕鲁湖的秋天，看似亘古不变，古老的

去江夏
那边

习性早已流传了千年。矛田畈距鲁湖就几里路了，在鲁湖西南角，似乎有独特而不可言说的秘密。后来有回下雨在涂洲村罗家湾采写，那儿位于鲁湖东北角，房屋嵌在湖堤上，迎尽春潮夏雨。在罗家湾感受凄雨和湖风的微凉，与矛田畈烈日下的金秋，是截然不同的心境，它们用各自领域的变化，讲述完不同景象却殊途同归的鲁湖秋歌。

鲁湖秋歌

　　大地有辽远而沉默的暮色，纸坊街目睹春来冬往，走进鲁湖的人，也被鲁湖走进，也愿意沉醉在其他湖泊的怀中，独享秋色和黄昏，看尽波光，问内心寻找滴答又绵长的山水或答案。秋冬之交，变化了的风向，偶尔正北风，偶尔西北风，我用体内的磁场细细感受过，北风能把湖风吹皱得更厉害，像慈祥的老妇人眼角皱巴的鱼尾纹，而皱纹里本身也有湖波荡漾的侧面，波痕里无数细小而即将消失的泡泡掬起武汉这座城市秋色般的古老文明。大湖之中，永远有芦苇和红嘴鸥斗嘴，苇絮重合进水里的云朵，接引天际。仿佛这个世界，没有什么，比天空更低、湖水更高，没有什么比秋天更懂得温柔和放弃。鲁湖的人们啊，我替你们亲近了秋色里的故乡，愿你们奔波在外，也能亲近他乡。

去江夏
那边

金口古镇

❋ 周天国

公元401年，陶渊明销假返任江陵途中，在湛明的夜景里，望着昭昭宽阔的天宇和畠畠平川，写下一首脍炙人口的五言古诗《辛丑年七月赴假还江陵夜行涂口》，这个涂口就是现在的金口。而汉口作为商埠重镇，直到明朝年间因汉水的改道才有人开荒结庐。

当然金口的历史可以追溯到商周年代，在历史的浩渺烟云里，它还叫过沙羡、汝南，但最终因为一条由鄂南山区一路迤逦到长江的支流——金水河，由此汇入滚滚江水而最终定名为金口。

沧桑石板路

诗人戴望舒的成名作——《雨巷》，江南烟雨中的那条石板路，几乎可以视作诗人的愁肠，逼仄而油亮。在金口也有两条这样的石板路：一条由碑矶头至藕塘处，叫后湾街；另一条由藕塘至杨蒋湖，叫后山街。这两条街的启承都少不了藕塘，那是因为在包浆油亮的石板下，蛰伏着古镇的排水系

统。所以无论梅雨季多大的暴雨，这两条街从未有淹渍发生。在排水系统的中枢藕塘路上，现存老井一座，水质依旧清澈，不过现在的居民也只用它来清洗衣物了，望着砖隙间的青苔和光滑的井沿，这口老井多像时光之眼，可以在它的闪烁中晃动你窥望岁月深处秘密的身影。

  这两条石板路，已成金口镇上古老的遗存之一，相传修筑于明清。特别是后湾街，因其近临长江和槐山矶，早期是商铺林立之地。街上有福音堂（现为后湾街41号），据说这所教堂在1904年由传教士杨格非所建，1949年后曾在此开办金口织布厂，至20世纪90年代，教堂已经残破不堪，于是人们对原址进行修缮加固，仍叫"福音堂"，至今延续宗教活动。另外在街首巷子口有门牌号为52号的一幢民居，据传1938年中山舰抗日将士在金口长江水域经过激烈的战斗后，有幸存18名将士被金口居民救起曾在此居住，1997年在中山舰打捞期间，这条街曾因云集了众多新闻记者而吸引了世人的目光。

悠悠金水河

到了金口，不沿着金水河滩走走，你就领悟不到偏居乡野初见都市繁华所表现出来的急促和羞涩，因为它是一个单纯质朴的农家少年。

在属于金口辖区的河道旁，当你驱车在五里堤段时，你会发现向西的窗外，清澈的河水像肢体柔韧的杂技表演者，时而手臂如游蛇，时而腰肢如风中的摆柳；在这段路途中，有一个不为外人所知的村湾——青埠湾。这里是古窑遗址，金水河在此走了个"之"字形，这种潆洄多像取舍中的一种依恋。青埠湾在唐朝初年所烧制的青砖就专供于修建武昌城堡，更不用说在明代修建的南京中华门上发现了"武昌府金口镇"的青砖。

如果此时夕阳正好落在西际的树丫上，"那河畔的金柳，是夕阳中的新娘；波光里的艳影，在我的心头荡漾。软泥上的青荇，油油的在水底招摇"，好像徐志摩写的不是康桥，而应该是这条青涩的小河。迤逦向北，不久便来到八一闸，这里新修建了一座长江禁渔主题文化公园。

在公园的北边，还有两艘船儿作为陈设而造就公园的历史延伸，那只铁皮船不用多说，是现代工业的见证。而这只被桐油刷得暗紫透亮的乌篷船，则是唯一一艘被保存下来的渔船。它在1949年6月建造于湖南岳阳洞庭湖，停用于2020年7月。船体由柏木、沙木、梨木、檀木、沉水木等

去江夏
那边

多种木材组成，船体长8.8米，重2.2吨。渔民们驾驶该船在长江岳阳至九江段作业捕鱼，该船从手动桨到机器桨，见证了两代渔民的生活、生产、繁衍，记录着"肩不挑，手不提，浇筒舀水到锅里，日守孤坡，夜守孤舟，江水煮江鱼，无鱼不吃饭"的渔民生活史。

金水河在这里是一臂港湾，长江的枯水期到时，渔船们便纷纷回到了母亲的怀里歇息。而在金水闸还没修筑之前，它还有另外一幅狰狞的面孔，每逢夏季长江洪发时，江水都会倒灌而上，把沿河两岸的地区淹成一片泽国，甚至连远处咸宁都不可避免。于是在1935年春，由当时的政府动工修建了这座排泄闸坝，其址在禹观山上，相传为大禹治水驻足瞭望之点。整个闸体雄伟壮观，被誉为中华民国时期第一全国大闸，有蒋介石亲笔题写的"金水闸"三字，镌刻在白色大理石上，镶嵌于闸旁。正因为有金水闸，金水河才如此柔美，有如笛箫间的音符，缓淌出一曲乡愁低吟词吗？

滚滚长江水

　　穿过被香樟树笼翠的金岭路，你便可以抵达金口防汛堤的一号闸口，这时跃入你眼帘的，便是从遥远天际奔腾而至的长江！

　　长江对于金口而言，更像是位父亲，不再有金水河的柔美秀丽，它大开大阖，可以把迷蒙的来路抻开出属于金口这片土地的、湛蓝的天空，以及让那些自以为是的树木在辽阔中学会谦卑的低矮，它既像一条衣带，又是汹涌的奔流。长江在金口所留下的痕迹，永远无法改变，因为奔腾的基因的缘故，金口永远是这片土地上的潜龙在渊。

　　横亘在江中的那滩沙洲，在历史长河中，被大禹命名为"蜈蚣洲"，到两晋又被文人墨客们诗情画意为"玉米洲"，但最终被明代兵部尚书熊廷弼定名为"铁板洲"，尽管其中有不少民间因爱情因风水的传说，但都挡不住洲上的芦苇和野蒿年年发芽，把这片沙洲绿成镶在长江这玉带上的绿宝石。黄昏的时候，夕阳总要到它上面稍微歇歇脚，仿佛它是自己不断回来又不断离开的故乡。

去江夏那边

江对岸的大军山,一直用宽厚的身影与不远处的清秀槐山隔江相望,长江至此就更湍急,漩涡暗流在这两山相峙间暗含某种深刻的寓意,想当初达摩祖师在槐山上望着浩荡江水,宽阔的江面只有此处虽险象丛生但到对岸的距离最短,达摩祖师便毅然折下一只芦苇,踩在上面飘然渡江。于是人们便在槐山上修筑一座草亭,曰"达摩亭"以纪念祖师在此留下的履痕。历经沧桑,这座亭也渐渐让后人们修缮成有飞檐、黑瓦和红廊柱的凉亭,伫立在槐山顶。也更改了名字,仿佛祖师远去的身影如天上的祥云,人们渴望它的长留,便叫此亭——留云亭!槐山并不大,相传唐朝有李姓皇族在此修建槐山寺,出家修行,并于寺前种植数株银杏树,现仅存一雄一雌相依而立,其树主干已被腐烂成空,但仍顽强地把自己长到20多米高,春时一片翠绿,秋后一地金黄,被喻为武汉第一古树,也成为网红打卡地,不知作了多少网友炫晒的背景。

转到槐山脚下临江处，你则会为一座由花岗岩筑成的驳岸而惊叹，当你看见130根瓜棱式顶望柱，镶嵌着129块花岗岩雕刻栏板，沿着槐山脚蜿蜒出由石板铺就的平径，一边是为建筑此工程而把槐山劈成的断壁，虽不巍峨，却在藤萝的遮挂下，也险意森森，一边是滚滚江水，贴在了你的眼前，你再定眼发现，原来这座驳岸竟然有三层，层层因山势相叠直至江岸的礁岩，气势之宏伟如一条卧龙。其实，修筑这个工程实属迫不得已。因两山相峙，江面暗礁密布漩流湍急，而此处是过往船只必经之地，当初的槐山矶危崖壁立，船只行此不知有多少遇险翻覆，于是在明代嘉靖年间由官府修建了这处航运设施。

　　站在槐山矶驳岸上，眺望滚滚的长江水，在中国近代史上，这段原本江豚争相起伏的江面，发生了一件惨痛事件。1938年10月，抗日战争进入到武汉会战阶段，中山舰奉命由岳阳下溯到武汉布防，惨遭日军6架飞机轰炸被击沉在此江段。为铭记国耻，20世纪末被打捞上岸，在金口金鸡湖畔修建爱国主义教育基地——中山舰历史博物馆。馆址紧邻槐山和长江，建筑外形如中山舰的主展馆一座，里面陈列了中山舰每一时期的详介以及被打捞上岸的舰内珍贵实物。逝者如斯，滚滚长江在金口叠加多少历史事件，让这里的每一块礁岩都有被浪花冲击出的圆润和布满蜂洞的沧桑，它让金口这片土地既古老又渴望新颜！

　　顺江而下，有一座斜拉索桥横亘在天险的江面上，它的身影在蓝天碧空中是飞

去江夏那边

翔的翅膀，驮在它身上的是武汉外环公路，也是沪蓉高速、京港澳高速不可缺的部分——武汉军山长江大桥。既然有了跨越天险的勇气，那么也应该有利用长江深水港的智慧：由军山大桥北望，你会看见由涂了红色油漆的港机龙门吊组成的港口，于薄雾淡霭间伫立。在武金堤下，放眼望去，一片错落有致的现代化厂房，绵绵十余里，在其中你会看到摆放整齐的小轿车像气势恢宏的秦陵兵马俑，列着整齐的队阵，踏响着前进的步伐，这是金口古镇的新颜——上汽通用汽车工业园及其配套产业群。

被湮没的掌故

在史学界有个争论，三国时期的火烧赤壁，到底是咸宁市的赤壁市，还是在金口的赤矶山。其实这个问题，放在现在已不再重要了。当初两军对峙，几十万大军，沿江都会是绵绵不绝的营帐和军船，但可以肯定作为军事的强渡点，定会选择江面狭窄而水流平缓处，这一点金口赤矶山的江段是较符合的。也许史学家们的争论，无非是一个主战场和次战场的争议罢了，倒是在金口民间的掌故里，确有非常多的佐证，如诸葛亮的祭风台，就在离赤矶山江面几里处（现在属金水农场），在20世纪六七十年代还存在遗址，如今已在上面盖起高楼；比如，在修五里堤和火焰砖厂取土时，挖掘出大量汉代的宝剑、箭矢等冷兵器时代的器物。而现在赤矶山基本上不复在了，这里只有一座依江小村，在堤下有一座水泥小亭，上书"赤矶渡口"，它依然是从金口到汉南纱帽行程最短的渡。

想来当初东坡先生在黄州也误认了地名，却写了《念奴娇·赤壁怀古》的千古绝唱，历史总是在湮没一些东西，以腾空过于沉重的怀缅，轻装前行！

春不晚，至江夏

※ 苑希磊

我在厨房做鱼。鱼是刁子鱼，身形跟小鲢鱼有些相似，个头不大，基本在20~30厘米，这种鱼的身体为细长型，最具有标志性的特点就是嘴巴了。刁子鱼的嘴巴是微微向上翘起的，这一点很好辨认。在过去一些水库、鱼塘和河流里面，刁子鱼比较常见，而且刁子鱼还喜欢成群地活动，常常在早上和傍晚的时候，能看到成群的刁子鱼。在水库或河边钓鱼时经常可以钓到，并且是接二连三会有鱼上钩，野外这种鱼普遍较小，一般钓到都会选择放生。我准备做的这种算是身形较大一些，这种鱼的刺，小且繁多，但肉质鲜嫩，可煎可炖。炖汤会好很多，味道比较鲜。因为自幼时起母亲喜欢吃鱼，所以我家餐桌上常年都会有鱼，这样的喜好，渐渐影响到我们兄弟三人，我喜欢吃鱼也起因于此。

去江夏
那边

    刁子鱼来自江夏。江夏是个好地方，水做的城市。西邻长江，大小湖泊像是镶嵌在城市里的珍珠。当飞机进入湖北上空时，向下望去皆水光闪耀，又如一面面镜子映衬着天空。许是七年前的一趟旅行，让我对江夏这个地方久久不能忘怀，第二次造访这座城市时，那种溢于言表的兴奋依然充斥着整个身心。对于长江，我是有执念的，生于山东的我，邻近的城市有黄河蜿蜒向东，在济南、齐河以及东营都有过与黄河交汇的时光，或许源于它的古老和神秘，或许源于它纵横的历史岁月，更是因为它跨越生命带来的无限拓展，让我总能激动。几次造访黄河，虽然都是下游，但依然能给我一次又一次的震撼。至于长江，得未曾有，第一次见长江还是在2016年的时候，波澜壮阔的江面上裹挟着滚滚黄沙的江水向着另一个方向流去，往来的运货船只顺江而上或逆流而上，除了流水声就是货船发出的鸣笛。依稀记得当时在长江拐弯的一个地方，我们在拍照，江水浩浩荡荡地奔流，夕阳正散落在江面上，我采撷一束野花送给康雪，她低头掩面，夕阳在她身边，她细嗅清香的淡然微笑给人留下深刻印象。为了表达初识长江的激动，我背临长江，手托红若秋柿的夕阳拍各种姿态的照片，那一时蔡永大哥成了我的御用摄影师，至今那些照片还都留在我的手机里，在想起江夏，想起那些可爱的人时，总会一个人翻看一番。照片是个好东西，根据遗忘曲线的表述，很多事情都会在记忆的长河里被时光慢慢冲散，而那些拍摄下来留存的东西会再现某个时段，温习，让我们对过往的岁月的怀恋投入无限深情，从而加深印象的刻度，使之得以保存。

    抵达江夏的第一晚就下起了淅沥沥的小雨，我想这是这座城市给我们这些远道而来的客人最好的洗尘方式。入夜寂静，我们踩着被细雨打落的叶子走很远一段路去吃宵夜。细雨还在下，无风且安静的街上只有我们几人聊天的响动，树丛叶片落下的细雨和光斑打在我们身上，影影绰绰的光亮指引着我们前行。我的兴奋是显而易见的，一直走在众人的前面，像是久违的游子

归来，对周围的讯息熟悉且敏感。行经岔路口，我果断地判定了方向并引领大家到了聚餐的地方，落座后一边喝酒一边等姗姗来迟的多位好友。

　　这是一个随处可以开发且可以成形的地方，为什么这么说呢，依山傍水成了得天独厚的资源优势，湖与湖之间隔出的村落又都似一个个与世隔绝的小岛，民风淳朴，湖泊隔绝之处被当地开发成纯天然的景区，加之当地建筑特色，遂一个个自然村景区、一幢幢民宿皆成了吸引外界人到来的理由，同时带动了当地的经济发展。多年前造访过的小朱湾迄今已大变了模样，风景秀丽，不似当年几栋瓦房的村落，外面仅有一个草甸和池塘。现如今已集商业、旅游、住宿于一体，成了当地对外展示的一张名片。

　　在梁子岛，我们很难寻觅到当年的回忆，小西说这个地方缺少了烟火气，从前随处可见的咸鱼被晾晒在房前屋后，渔船泊在岸边，往来的不是渔

民，就是造访的客人，我们花十块钱租一辆自行车围绕小岛转一圈，前呼后应追逐打闹的场景不复存在。民宿老板娘说，今天是周日，人们吃过午饭就都下岛了，都是趁周五、周六的时间赶到岛上来，为了保护梁子湖的水资源，现在是禁渔期。虽然我们有很多问题想再跟她求证，她爽朗一笑闪身进了厨房。

离开梁子岛后我又去了另外一个地方，这次，是我孤身前往，对于这个没有人陪伴又陌生的地方，我充斥着对未知的好奇和忐忑。未来家园，像是一个梦幻般的存在吸引着我，所以我果断地下定决心，一定要去一趟。

春天，是未来家园最美的一个季节。这是一个集科技、文化、休闲、商贸于一体的综合性园区，也是湖北省第一家现代农业示范园。园区以"科技农业、绿色农业、旅游农业、商贸农业、文化农业、休闲农业"为主导，自建成以来，一直作为湖北农业发展的示范园区，对外界有较深远的影响。春天百花盛开，吸引大量游客到此打卡赏花，探春旅行。当我到达这个地方的时候，他们正在筹备花神节，并为此设计了众多活动，为期10天，游客可在梁子湖畔游玩万亩花海。现场将举行百花音乐会、花神祭典、花朝市集等游园活动。

在概览图上看到每个不同地方的介绍后，对这里的探索欲望再度升级。一间间精心打造的民宿，干净舒适，开窗即见的风景净化心灵，让人疲惫的身心得到持久的放松。幔帘落地，夹杂着花香的微风撩动帘子，送来阵阵香气，鸟鸣居于花草树木之间，而我作为一个造访者，在这一方小天地里尽情享受午后暖阳的温情。成片的油菜花海是我许久未曾见过的，金黄的花海一直向远处蔓延，在夕阳的映衬下，天地融为一体，像一幅无尽的画布。突然走来的人，被风吹动长发，田畦间再难出现如此物我两忘的情景。

相对于油菜花，樱花则是居于高处的事物。一树树樱花，抬高了整个景区风景的高度，在到访武汉时因路程匆忙，无暇至东湖赏花，当到达未来家园时瞬间被樱花绽放的场景震撼，成片的樱花粉嫩娇美，如果一株立于旷野是独树一帜的美，如此多的樱花竞相盛放时，则宛若仙境一般，邻水而照，竟一时分不出美在天空还是大地。想想多年前我曾为一棵盛开于北方的樱花写诗，当真正面临花海的震撼时我竟哑口无言，仿佛那一刻词语缺失，而内心纯净。

在景区游走，随处可以见到各种园区：百味果园、猕猴桃园、桑葚园、桃园、圣女果园、葡萄园、梨园、蔬菜园。甚至还有鱼菜共生馆，将养殖和种植有机结合，节约水土资源，通过一种方式实现两种丰收。琳琅满目的各种种植基地，以及散布在各处的花海、林荫道路，为整个园区披上一层翠色面纱。仿佛一步一景，一步就是一个新的未知值得探索。

入夜时分，吹着梁子湖的晚风，在湖边草坪上有很多露营烧烤的摊位，三五人一伙，昏黄的灯光下他们唱起歌，跳起舞，仿佛这一刻他们才真正卸下疲惫，与大自然，与充满奥秘的星空，与梁子湖、未来家园融为一体。想着我与它的相会只有这短暂的一天一夜，不免有些感伤。

人生能有多少遇见，不可而知，就像我从乍暖还寒的北方奔赴而来，见到了那些可爱的人，进一步维护了记忆的堤坝，让那些美好的瞬间永远都被定格在往后的岁月里。结识一些新的朋友和路上的风景，作为日后生活的养分，其实这样也挺好。

我是赶着夜火车回来的，那袋刁子鱼随我一同周转于武汉、济南、德州，然后伴我一同入门。我把它们冻进了冰箱，无非就是想让它们持久地保鲜，当我回想起梁子湖的浪潮时，就在记忆里面让它们游一会儿，当我想起江夏，想起我的朋友们时，就取出一两条，陪我下酒。春天，赠予我的美好，我希望与你们共享。

去江夏那边，去小朱湾

✽ 严 彬

　　长年生长在北方的人到了南方，不论哪个时节，总会被南方植物的多样性和多姿多彩迷住，也总会被南方人闲适散漫的生活吸引。我本就是南方人，但因为多年生活工作在北方，初春时节一朝南下，在火车上就深切感受了由北方到南方的植被与天气变化。

　　车到河南之南，到了湖北境内，天变得清澈，云也多了起来，却不是北方那高且白的云，或夹杂着成片雾霾的昏暗的尘埃与云，而是明亮的白云，黛青色的乌云……有时雷声阵阵，小雨也来了。我又重新为好久不见的南方着迷了。

火车过了武汉的长江大桥，从武昌站下车，天果真下着小雨。我坐车由武昌站去往江夏，路上也是细雨霏霏。而我到了江夏，天已经放晴了。径直去会议室，满屋子的人，有我熟悉的诗人和作家好友，也有生面孔的南方人、十余位远远坐在对面的年轻人，像是本地大学的学生。一场文学讨论要开始了，正面墙上挂着一张大幅海报，印着绿树丛荫、水域弥漫的风光，上书几个大字：去江夏那边。

《追忆似水年华》式的名字赢得了作家们的好感。那一日上午作家研讨。既然来到江夏，主办方尽地主之谊，作家们也以江夏为题展开讨论。因朋友和文学之便，江夏我已经来过三次，也算是对江夏的地理颇为熟悉，与人也有了交情。与许多作家们的发言主题不同，我想到的是：一个作家该如何书写他所面对的土地？这是方法论的问题，也是每一位要做此类写作的作家必须面对的问题。爱尔兰诗人希尼有他古老而肥沃的爱尔兰沼泽地，他曾在沼泽地的泥炭层中面对过一位两千多年前死去而保存了躯体的女性——在他的诗歌中，希尼书写了这种他与他血脉相连的土地的关系。而美籍作家米沃什生于立陶宛，他以波兰为祖国，即便流亡他国，也以母语写作。对米沃什而言，波兰是他的精神故乡。当我们这些来自各地的作家身处长江之南古老的江夏土地，面对大诗人李白也面对过的肥沃的土地和丰富如血脉的水系，作为21世纪的、家乡浏阳河畔、多年身处北方的诗人，我想：又能如何书写江夏？

李白也不是江夏人，他留下的《江夏行》是一首妇人思念夫君的乐府新辞：

……
适来往南浦，欲问西江船。
正见当垆女，红妆二八年。
……

如今正好同欢乐，君去容华谁得知？

如今我非李白，也不自比怀春的思妇。那晚与好客的江夏"地主"、远来的各地作家一同吃了长江边的菜肴、江夏的鱼虾，便被"放逐"到江夏的春光里。

第三天上午，我约了一位朋友，两人又去了周岭村小朱湾，一片由数十幢民居构成的村落。

说是村落，因为那些房屋显然也还是典型的南方民居，沿着典型的南方丘陵地貌，如山笋般错落生长在一片有树有水的地方，每一幢房屋也各不相同，透露出居住在其中的江夏村民每一个家庭的个性和历史风貌。房子几乎都挨家挨户紧紧聚集在一起，行走在其中，就能感受到小朱湾地势的起伏，最高处和最低处也有几十米的落差，高处紧紧挨着一片绿草如茵的牧场，牧场也有个诗意的名字，叫作"拾光牧场"。拾光牧场如今也被开发成乡村旅

去江夏
那边

游景区，有几处大门对外开着，有农家的菜园篱笆或围栏将它的土地和土地上的一切圈起来，如果要进入其中，作为游客，你需要购买门票。回想六七年前，也就是2017年的样子，我们十来个诗人朋友也曾越过拾光牧场和小朱湾村舍的虚掩的围栏而进入其中，那时它更具有野性，有芦苇荡和成片的野草野花，真叫诗人们流连忘返，我们在其中游荡，拍照片，有人还跳起来

去江夏那边，去小朱湾

随性的舞蹈，庆祝自己又投入乡村自然的怀抱，和朋友们在一起。

如今的小朱湾和拾光牧场景区色彩渐渐漫过了它原来的自然景致。据当地的村民——我去的时候正是一个周末，游人如织，村民们沿路摆摊，兜售他们自家种的各种蔬菜，红菜苔和白菜苔，从江里、湖泊里、池塘里捕捞的鱼虾，还有野菜——村民们讲，这四五年来，小朱湾变化很大，政府将其打造成乡村景区，招徕江夏、武汉和像我们这样来自全国各地的游客。我和一

去江夏
那边

位在空地上健身打球的妇人聊天，问起她们如今的生活，和从前相比，生活在游客中的她是否习惯。她说还不错，从前吃住在地里，靠着土地上长出来的作物过活，收入不高，见识也有限。如今村子发展成旅游区，收入大为改善，生活环境也比从前好多了，有了路灯、健身场所、停车场等公共设施，也做起了小生意。她说村里时常有外地的旅游团来，省里的领导啊，市里的领导啊，都来村里视察，夸赞小朱湾，给予小朱湾新乡村建设上的扶持。我见她脸上堆着笑意，知道她也享受到了生活的新便利。对老百姓来说，有什么比好生活更值得期盼的呢？"生态农业"这样的新词儿也出现在村民的嘴边了。

城市在扩展，城市的生活也在取代从前的乡村生活，更多人搬入城市，成为城里人。此时，在城市待久了的人们又想要回到乡村的土地上，去体味乡村的自然风光和野性，就像吃鱼吃虾，也要去乡村里吃，才觉得更有味道。小朱湾的路边常见到正在晒干的鱼，螺蛳、贝类也养在水盆里出售。

尽管小朱湾中的房屋大部分还依照原来的建制，但每一幢也几乎都经过了些许改造，以贴近它的乡村旅游景区特色。和普通的农家院落相比，和那些以围墙将院落围起来的自然的村落家园相比，这里的房屋已经成开放性地，以道路和经过简单规划的摆设，如一些不再使用的石磨、农具，一些景观的盆景，联结在一起了。规划出来的几条步行小街铺着青石板，有一条半环村的水泥路，将房屋连成了一片。由此，像我们这般来此闲逛的游人得以漫步其中，一边各处张望，看着这些既陌生又熟悉的农家院落，这样依着自然的山水和古老的乡村，一边还能随时停下脚步，在某家家门口驻足，和他家就摆在家门口的小摊位的摊主聊聊天，想着自己是否也要买点他家出产的东西。那些出售的东西，就像我前面说的，大多是土生于此的，而并非像其他成熟的风景区那样，几乎是千篇一律的旅游小商品，北京的南锣鼓巷上出售的商品也许和大理古城内的小商品街头出售的也没有什么两样，全国的古镇古街也遍地开花，迎接着有了闲暇和富余财富的中国人……小朱湾的不一样，或者这就是它可贵的地方，它还处在旅游景区与原始村落之间的中间状态，它不像普通村落那样散漫，缺乏某种招徕游客的热情和气质，又不像那些成熟的旅游景区，已经发展成相近的商品经济。

小朱湾在发展，中午过后，等到我准备往回走的时候，入村的丁字路口居然排起了长长的汽车接龙，它也堵车了。我等了好久也没有车，便决定走路出去，沿着一条县道走，道路的两旁都是自然生长的高大的树，也有新种植的低矮的绿化树。路过拾光牧场的一扇大门，往前再走三两百米，就走上了宽阔的梁子湖大道，仿佛又回到了现代世界，感受到了城市和高速公路的气息。吹着江夏的三月春风，头顶是温暖的太阳，汽车不时从身边呼啸着与我几乎擦身而过。我不紧不慢，尽管要去和朋友们在梁子湖边会合，也不着急。多年生活在城市的我一直幻想着什么时候能出去走走，最好是徒步，和几个朋友一起，或者独自去走也好。我倒不是为了去旅游，而只是想从城市里走出来，去世界上看看，看一看广阔的自然界，看一看普普通通的县城和乡村。我们和古人、和欧洲人，头顶的是同一个太阳，面对几乎相同的日升日落。然而我们的生活方式却也大有不同。在自然的天地里行走，尽管也有现代化的高速公路，也有引擎呼啸的汽车、摩托车，风光却与城市大为不同，就连身边的风也格外清新。我是个方向感比较好的人，也不怕迷路，再说如今的卫星地图如此发达，一个现代人其实是很难走丢的。走在梁子湖的大道上，走在去和我的诗人朋友、江夏朋友们重逢的大道上，就像我们这回得以重聚的主题——"去江夏那边"。就像当年马塞尔·普鲁斯特写下的"去盖尔芒特家那边"和"去斯万家那边"。一种亲切的人情和地域的情结召唤我们相聚和重逢，走在通往同一处地方的路上。

去江夏那边

江夏黄

✻ 小　西

　　世界之大，使我们往往在自己熟知的事物之外，知之甚少。起初，朋友和我说起"江夏黄"三个字，我脑海中突然闪现出一种染料，或是一种食品，抑或是个地名。而当得知是一个名动天下的姓氏时，我不禁笑了，这真是自己的无知。但也正是这种无知给予我的陌生感，让我对"江夏黄"产生了浓厚的兴趣和好奇心，我特别想知道它的历史和现在。

江夏黄

　　黄，最先想到是一种颜色。黄色是所有颜色中最为明亮和充满希望的颜色；又是高贵的，皇家贵族最喜欢用黄色饰物来彰显家族的显赫地位；黄色还是最接近大地的颜色，更是丰收的颜色，一望无际的麦田和稻田，紧紧跟随太阳转动头颅的向日葵；更是画家凡·高最喜欢的颜色；还有雄奇灵秀的黄山及荡气回肠的黄河，那是一种蜿蜒的黄，延伸的黄，翻滚不息的黄，带着对生命和天地的敬畏，"黄"是如此醒目，温暖而又波澜壮阔。

　　少时，读金庸的小说《射雕英雄传》，因书中黄蓉的那一句："湖光山色又没有感情，桃花又不能和我谈谈心！"我便喜欢上了精灵古怪、聪明可爱的她，还有"桃花影落飞神剑，碧海潮生按玉箫"的桃花岛主黄药师，他不仅武功造诣非凡，而且上通天文、下通地理，奇门遁甲、琴棋书画、经济兵略等无一不晓、无一不精。那时我对黄姓人物便产生了极大的好感，心想为何我姓张，而不姓黄呢？姓黄的人，肯定都是充满智慧并无所不能的吧。

　　其实对于"黄"姓的源考，很多研究表明，可能还与传说的"三皇五帝"中的黄帝有关，他们极有可能是在远古时代的社会中现实存在的人物，

去江夏那边

因为受到本部族人的尊崇并把他们加以神化后成为半人半神的偶像，他们的传说都带有浓厚的神话色彩，黄帝就是在这个历史条件下产生出来的人物。因为历史上对他们的记载都是神话传说与事实参半。当时黄姓是强盛的九夷中的一支，都以鸟为图腾，黄族便是今日千万黄姓成员的祖先。

黄海先生是一位随和可亲、幽默风趣又饱腹学识的中年男士，也是江夏区的作协主席，还是江夏文化研究会的执行会长，由他来陪同并讲解"江夏黄"的历史，真是再合适不过了。

当我们从车上下来，黄海先生手指一座气派的宗祠讲解说："这就是坐落于五里界的江夏黄氏大宗祠，十多年前由旧祠改建，总占地面积约12580平方米，三进式的建筑坐北向南，融合了鄂南与安徽民居两种建筑风格，粉墙黛瓦、古色古香，而且在灰色瓦片上也印有'黄'字，建造的时候不可谓不用心用情，现在已成为天下黄氏宗亲拜谒先祖之地。"

"既然是'天下黄姓出江夏，万派朝宗江夏黄'，那么每年都会有黄氏宗亲来祭祖吗？"我问黄海先生。

"那是肯定的啊，特别是2009年在此举行的名为'天下黄姓江夏祭'项目，被成功申报为武汉市非物质文化遗产。当时，海内外共有11个国家和地区2000余名黄氏宗亲参加了大会。还有去年清明节，两岸黄氏青年在武汉江夏寻根祭祖，主要是来自台湾和湖北的黄氏青年。那么'江夏黄'作为一个姓氏代名词，以祖地地域名命名，已然成为海内外黄氏宗亲共同的历史记忆和文化符号。"

听后我着实吃了一惊，站在台阶上想象了一下，一个2000多人的黄氏宗亲大会真是太过盛、太壮观了，天下黄姓寻根问祖，共聚一堂，共诉宗情，像离乡的小船，终归母亲的港湾；像走散的小鸟，一一返回巢中。他们从遥远的地方自发赶到这里，那种共祭祖先的激动和虔诚，如果不是亲历现场，应该很难描述。

我又问:"既然海内外这么多黄姓后裔,为什么'天下黄,出江夏',而不是出自其他地方呢?"

"天下黄,出江夏,那是有历史渊源的。黄姓是中华姓氏之一,虽然未进入三大姓氏中,但根据公安部发布的《二〇二〇年全国姓名报告》,黄姓人口数量排全国第七,也是大姓之一了。"

去江夏那边

　　黄海先生介绍，黄姓追根溯源，历史悠久。作为一个古老而辉煌的姓氏，从血缘历史源头看，今天的黄姓，可以追溯到上古时期的陆终。据各地黄氏族谱记载，黄帝的第七代孙陆终公因功勋卓越受封于河南信阳古光州一带，建立古黄国，臣民以国为姓，历夏商周三朝上千年。在春秋战国时期，黄国被强大的楚国所灭，黄国臣民开始了背井离乡的大流亡，其中一支向楚国腹地郢城（现湖北荆州一带）迁徙发展。

　　公元前648年确实是黄姓历史上一个非同寻常的时刻，黄姓人遭遇了巨大的灾难，那就是灭国之痛。黄姓族人开始逃亡到各诸侯国避难，从此散居四方。但黄国灭亡之后，一部分黄国遗民仍留在故地，坚守残破的家园，他们由昔日贵族沦为亡国之奴，并没有完全绝望，相反经过300年的裂变，他们以平民身份去征服了命运的拷打，重振黄姓家族的声威。直至战国晚期，黄歇出现了，他因才能卓越、博闻善辩，官拜楚国宰相，被封为春申君，他也是战国四公子之一。古黄国人都来投靠他，因而吸引了大量黄姓聚集在江夏。黄歇以一人之力，在楚地建黄城，筑宫室，招门客，养族人，为以后的江夏黄氏兴盛埋下了伏笔，做出了巨大的贡献。史料便将这里的黄姓族人始称为"江夏黄氏"，尊黄歇为江夏黄氏上始祖。

我快步走到黄歇的铜像前，只见他面带微笑，手持如意，端坐厅正中，一身的正气和傲骨，立于这天地之间，不仅仅是黄姓后裔，就连我这个旁姓之人，也顿时恭敬起来，足见他在人们心中的高大形象。史料上记载黄歇有三位夫人，共生了十三子一女，黄姓和很多氏族一样，逐渐发展壮大，如一棵大树历经风雨和岁月沧桑，终于枝繁叶茂，开花结果，生机勃勃。"到了汉代，大孝子黄香、黄琼父子分别为相，才倾天下。到了其孙黄琬任宰相时更趋极盛。汉章帝曾以'江夏黄香，忠孝两全，天下无双'的御书赏锡黄氏家庭。江夏黄氏大昌，时人无不称颂。黄歇相楚二十五年，门下食客三千，富可敌国。"黄海先生说，两汉之后，于魏晋至隋唐时期，社会大动荡，民族大迁徙大融合，江夏黄氏便开始分流，迁徙到全国各地，有的向东南迁徙，直至踏出国门，向海外延伸拓展。

"因江夏黄氏兴起较早，且江夏又是长期居住的繁衍中心，江夏黄氏因此成为地位最尊、人丁最旺、分布最广、影响最大的豪门大族。之后的天下黄姓，十之八九为江夏黄氏的后裔。因此，全国各地以及世界各国的黄氏后裔追根溯源，都会发现自己的祖先是辗转来自江夏，故有'天下黄姓出江夏，万派朝宗江夏黄'的说法。"对于黄姓的历史由来，作为黄氏后裔的黄海先生了然于心，如数家珍地娓娓道来，通过他的这一番介绍，我对此已经有了清晰的了解。

宗祠里除了中厅黄歇的铜像外，其中上厅正面神龛供奉着黄氏太始祖陆终、上始祖黄歇、大始祖黄香、西汉丞相黄霸和东汉太尉黄琼画像。还有墙上悬挂的宋代黄庭坚作的谱序、黄氏家训等。在宗祠的资料室内，还挂有古黄国疆域图、汉代江夏郡疆域图、江夏黄氏源流简介、历代黄氏状元名录、黄氏巾帼名录等。

当走到黄姓"认祖诗"的面前，我一下子对这首诗产生了很大的兴趣，黄海先生说："《天下黄姓出江夏》一书对这首认亲诗有过探考，在公元

去江夏
那边

前238年，黄歇舍人朱英察知李园野心，向黄歇说：'李园阴蓄死士谋以杀相国，臣请为相国杀李园。'黄歇说：'李园弱人也，安有如此远大之谋，且事我甚谨，我实不忍害之，子勿过虑。'朱英见黄歇没有听从他的建议，便逃走了。朱英逃走后，引起黄歇警惕，以防万一，便制谱十三帙分发给各子女。并于各谱后附有相同的《楚声歌·送子行》留作纪念，以其日后相认。十七天后，果然李园发动政变，黄歇遇刺身亡。"

如今世界各地黄姓同唱八句认祖诗，便是由《楚声歌·送子行》演变而成的："骏马匆匆出异方，任寻胜地立纲常。身居外境犹吾境，久住他乡即故乡。朝夕莫忘亲命语，晨昏须敬祖宗香。唯愿苍天垂庇佑，三七男儿总炽昌。"黄姓族人只需背诵八句认祖诗，无论浪迹何处，都会受到当地黄姓族人的接济与帮助。看完后，我内心触动很大，试想一下如果远在异乡的黄姓子孙，遇难落魄之时，只需背诵出这八句认祖诗，那么当地黄姓人便会毫不犹豫地去帮助，尽管大家都是陌生人，但宗族血缘犹如一根纽带，将他们的心紧紧系在一起，"你有难我来帮"的豪情，一下子在黄姓人身上得到了很好的体现，就在刹那间我好像突然明白了，天下姓氏这么多，为何金庸先生喜欢用黄姓来命名正义人物的缘由。如果天下姓氏皆能如此，皆有一首认祖诗，皆能对同姓人伸出援手，共同走出命运的困境，那么我们的社会风尚和道德水准一定会有个质的飞跃。黄姓后裔的这一义举，不能不让人感动，不能不让人称赞，所以"江夏黄氏"在漫长的历史长河中，逐渐孕育并树立了"精忠爱国、孝道遗风、儒学立身、开拓进取"的精神，这不是偶然，这是一种必然。

如云如梦
——记江夏安山郊野公园青春樱花谷

❋ 张雁超

武汉三月，遍地樱花。随便一查，武汉三镇，无处不是樱花大道、樱花园、樱花江滩。而我在这里要写及的，是位于江夏区安山街道青春村麻城海的樱花园，占地130余亩，园区内主要种植早樱，有5000余棵。青春村在2019年种植的樱花树，已经逐渐进入全盛期，青春村樱花园是目前武汉市内面积最大的樱花园，或者叫樱花海吧。三月中下旬，春风从南方北上。江汉平原被大别山和幕阜山两条山脉拥在怀中。南方温暖的气流，从海上启程，要一路翻越福建境内山脉，然后从湖南境内过洞庭湖，之后绕开幕阜山，进入江汉平原南部，渐次深入到幕阜山后的武汉一带。或通过江西，溯长江而上，过九江，抵达武汉。正是南风有着催花发叶的力量。我深信每一阵风，都有它所要负责的花

去江夏
那边

信，给不同的花送去盛放的号令。江汉平原上低伏的山丘无意阻挡这些风。阔大的平原上，所有的风都到处狂奔，遍地寻找着自己负责的花朵，你才敲门问了路，它又上前来推窗。呼呼的风把人吹得异常单薄，人对着平原偌大的黑夜感觉到无边的寂寥，这大概是远游人都会有的情思。

三月，我登车去安山，去见那片樱花的海洋。从五里界出发，车子沿着平坦的道路，一路上经过起伏的山丘，周边的景物不断变幻着。逐渐远离城市，沿途的房屋逐渐松散开来，城市的紧凑和紧张感慢慢消退。圆润起伏的山丘和路旁时隐时现的树林，将乡村柔和的线条递了过来。在城市中行走惯了，进入郊外的旷野之后，人烟稀少反而给了人强烈的亲近感和自由感。车子时快时慢，大约一半路程时，经过一处小小集镇，司机提示我即将穿过的一处铁路桥，是京汉铁路桥，是北京直达武汉的一条交通动脉，地方和国家心脏之间的纽带。

在田地丘陵间穿行，我已毫无方向感。在山区生活的人，很容易找到方向的参照物，而在平原上，相似的丘陵和平坦的田地，很容易让人难辨东西。正如儿时，看到电视里的外国人，觉得都是一个模样。中午11时许，我

去江夏那边

到了青春村，村委会的院坝虽然是个大四合院，风却无孔不入，在院坝火机也无法打着。樱花园离村委会不远，但是村委会的工作人员彭姐给我介绍，因为昨晚大风的缘故，本来预计已经到了花期的樱花，因为降温还未盛放，只有十来株早樱开放，其余的樱花只是零星的几朵。但是彭姐也很庆幸，如果进入花期便有大风来袭的话，十多天的花期可能在一夜之间就会结束。正在听彭姐介绍的时候，一位老同志匆忙拿着一沓打印了男女大字的A4纸要外出，彭姐急忙招呼我，跟着老同志去樱花园。于是我登车跟上了老同志的电瓶车，大概三分钟车程后，老同志到了麻城海外停车场，示意车子停在停车场，然后指示我看麻城海牌坊外的一处宣传栏，内容是对樱花园的简介，之后老同志又骑车走了，走前告诉我再向前300米，就是樱花园了。麻城海是一处江南民居青砖白墙外貌的乡村旅游体，提供食宿。刚刚修建完成，是顺应乡村振兴而来的乡村旅游投资项目。樱花园不收取门票，也免停车费，麻城海承担了停车场和游客中心的作用，也能为游客提供居住餐饮，是对樱花园的深度开发，这也是乡村旅游最关键的一步，要能留住游客的人和心，也要留住游客带来的消费，真正形成商业效果，免得乡村旅游成了到此一游，空留热闹。

终于，我要踏入樱花园了——那个云与梦的虚幻之境，在这世上的一处实体。我就要一步步走到一株株樱花树下去，被它们埋没一回。我想到了樱花的短暂和热烈，想到苏曼殊的《樱花落》：

十日樱花作意开，绕花岂惜日千回？
昨宵风雨偏相厄，谁向人天诉此哀？
忍见胡沙埋艳骨，空将清泪滴深杯。
多情漫向他年忆，一寸春心早已灰。

109

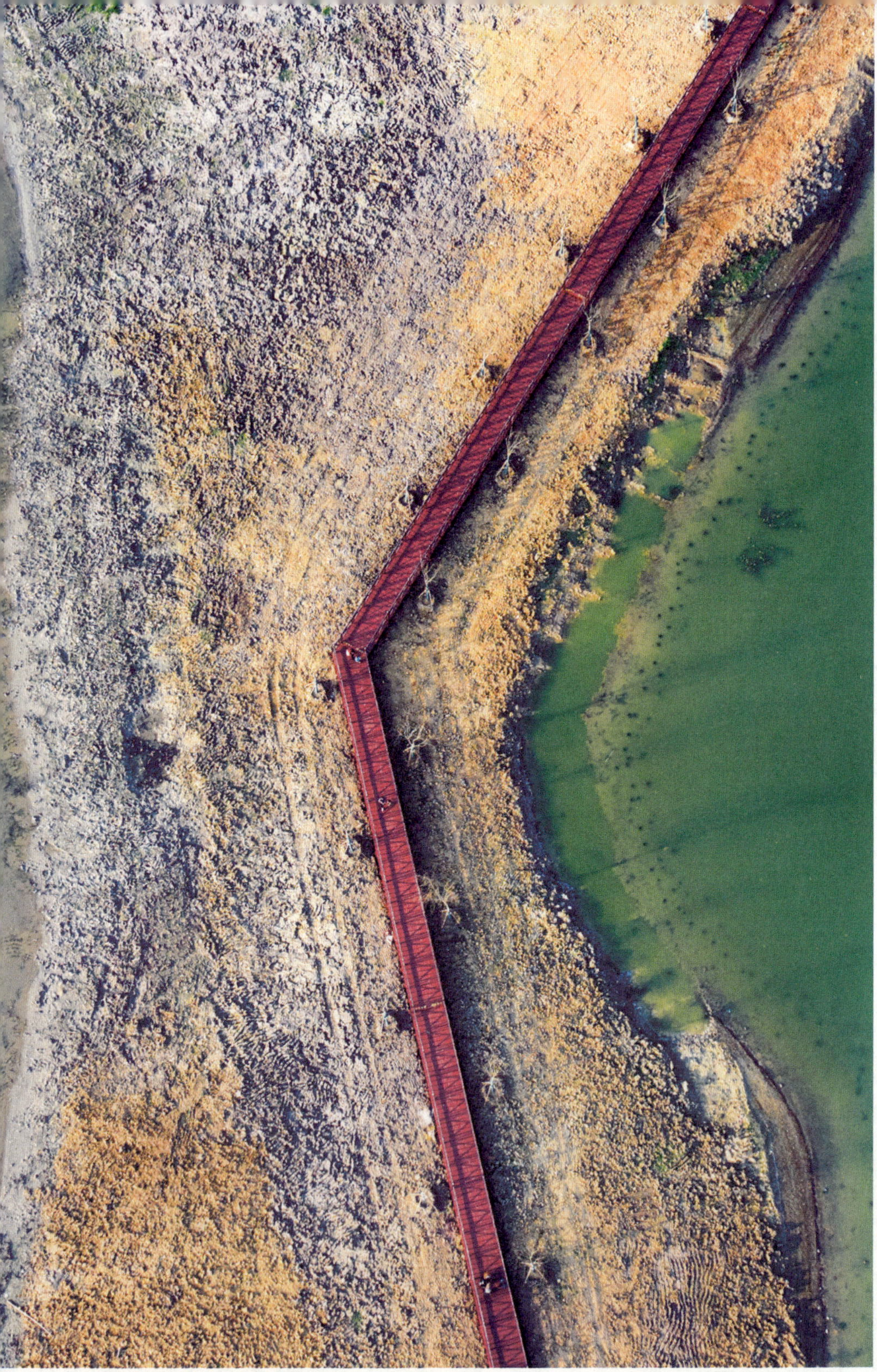

去江夏
那边

沿途的油菜花也开得热闹,路上的行人正在金黄的成片油菜花边拍照。路的另一侧是红色的连片桃花,当日大风已弱,阳光破云而出,油菜花和桃花像是引路的司仪一样,将我一步步带到樱花林去。

我曾这样幻想这一片樱花之海。看着洁白的云朵在天空游荡之时,青春村樱花园却从大地上突然向天空举起130亩的粉色云团,这是怎么样的一种顽皮呢?大地向云朵的厂家说,看,我这里也有一朵云,是一朵130亩的粉红色的云,是一朵可以原地不动十多天的云。我想,那些从南方海洋上携带着樱花花信的风在江汉平原上四处寻觅,疲惫又盲目地四处探看时,陡然在这里,找到了这一年春天的归处,兴高采烈地俯身而下,在这130亩樱花林里寻得了归宿的安稳感,将要生就多少热烈的花瓣啊!我想,在大地的内部,在土壤中尚未成型的樱花们,在黑暗中走了很久很久,找到它们的樱花树之后,又在树的内部紧张地排队,三月的樱花树每一根枝条内部,暗中是那样拥挤和饱满。在推推搡搡中,一些冒失的花朵打开了自己,而另一些一触即发,于是遍地都是它们的身影了。那是一片130亩的海浪,我将在里面埋头游弋,被它抛起再落入尘世。这樱花如云,这樱花如梦。仿佛整片云梦泽在时间的长河中,逐渐缩小逐渐抽象之后,就在这一片樱花园中,借助这粉色的海洋玩起了还魂术。

让人惊异的是,仅仅一个上午的阳光和温暖,在我踏入樱花园时,樱花已然开放。排列种植的樱花树拱起了数条樱花隧道,难以言表,樱花用它的高洁和热烈,做成了人间的隧道闭上而掩下,你从中穿过,会感觉你所见的光并非阳光,而是每一朵樱花在闪烁,众多樱花和光而亮,一直照进你的心底。清风一起,缤纷摇落,空中飞舞的花瓣摇曳,拂过树下的人,坠入土中。头顶是盛放的喧闹,脚下是凋落的冷寂。樱花林里游人如织,到处都是相机手机取景拍照的人们。摇曳的花瓣,不禁让人默念唐朝寒山和尚那一句：长歌三月响，短舞万人看。对着这一句诗，樱花之盛放，已不再是热烈可以形容，它们简直有着孤注一掷的心。踏着落瓣前行，每一步都似云上行走，每一秒都如恍惚梦境。真是云梦之境了。你看樱花树棵棵独立，但它们在低空中用枝条靠拢彼此，因为依偎和紧紧相连，它们构成了一个整体，构成了樱花的森林，这片森林充满了取舍和避让，最后融为一体，成就了一个更大的生命体。这不只是自然的教义，也是每一个人在尘世中的教义。偌大的樱花园里，不同色彩的樱花产生了不同的音律感，那些盛放的早樱红出了整片樱花林的高音部，而我走出这云梦间时，确有从天上听完一曲之后，余音绕耳的恍惚飘然之感。

去江夏
那边

我正要离开时,又碰到了先前带路的老同志,我们在樱花林边聊了一阵,我问及在樱花林中还夹杂有一片未见花蕾的树,是什么?他说,你看过电视剧《海棠依旧》没有?周恩来总理一生爱海棠,这些树,就是海棠。海棠四月花开,那时樱花已尽,海棠盛开,原来如此。后来我发现除樱花之外,安山郊野公园从一月至十二月,每月都有一种花在盛开,花花不同,各有千秋,只要你来,就不落空。

白驹过隙而疲于奔命的人们啊,停一下,到江夏那边去走走。三月,去青春村樱花林,在那如云如梦的樱花之海里,回味人生的热烈和汹涌。

走出樱花林,再上路,已是意气风发、永不言败的新征程。

云稼慢乡

林珊

去江夏
那边

云稼慢乡于我，原本是一个遥远的陌生之地。

为了与它相遇，我独自穿越1000多千米的迢迢山水，在一列火车的轰鸣声中，在一场延绵无尽的细雨里，在早春三月的一个暮色深沉的黄昏，终于抵达它。

抵达之前，我曾试图更为全面地去了解它。云稼慢乡位于江夏区的五里界街。当我在心里默念"江夏"二字，那些源远流长的历史和深厚的文化底蕴，在车窗外的细雨中蔓延开来。江夏作为地名，一说得名于水，一说得名于山。江夏素有"楚天首县"之称，境内数十处屈家岭文化、石家河文化时期的聚落遗址，证明早在5000年前的原始社会晚期，先民就在这里生息繁

衍。经过多年的发展，江夏先后确定了5张文化名片，分别是中山舰、手指画、江夏黄、京剧谭门、湖泗古窑遗址群。

  多年的出游经验告诉我，与一个地方的邂逅是否美好，第一感觉很重要。初到此地，我便被一种恬静的田园式氛围所包裹了。我喜欢这样的感觉，船舶靠岸，雨过天晴，晚风拂过我的脸庞、发梢、双肩、手臂、指尖……时间在夕光的挪移中，一点儿一点儿缓缓流逝。在这里，我将卸下满面尘埃，自由自在地徜徉与呼吸。湖水是看不尽的，暮色袭来，层层叠叠的浪花一朵接连着一朵，拍打着堤岸。田野里的油菜花浩浩荡荡地盛开着，岸边的杨柳才刚刚抽出鹅黄色的嫩芽。我拖着行李箱，慢悠悠地走在落日的余晖里，我仿佛走进一卷延绵无尽的水墨画里。

  通往民宿的路上，映入眼帘的，除了田野里那些新生的绿，浩浩荡荡铺展的金黄，还可以看到道路两侧悬挂的诗歌展板。我凑近看了看，发现其中有不少相识的诗友的诗作。

  我细细品读这些诗篇，不由得被深深打动。这些诗人们留下的美好诗篇，出现在这里，相得益彰，更为巧妙地烘托出田园的诗情画意。我想当那些诗人朋友们在更早的时候，如我一般，在某一个清晨或是黄昏，穿过迢迢山水，风尘满面，来到这里，迎着微波荡漾的湖水，途经绿意盎然的田野，卸下满心的疲惫，远离尘世里的喧嚣，一定也会由衷地喜欢上这里。喜欢上这里的晨昏暮霭，喜欢上这里的湖水鸟啼，喜欢上这里的一沙一石，喜欢上这里的一草一木……而正是因了这些发自内心深处的深深浅浅的喜欢，才有了这些动人心弦的诗篇。

  再往前，穿过一条树荫掩映的小径，就到了我即将入住的民宿。只见几栋联排别墅在夕光中静默着，似乎在等待着我的到来。这几栋联排别墅在风格上非常讲究，有传统文化的古典韵味与现代时尚元素的巧妙融合，在视觉上带来两种风格和谐共处的审美感觉。整体看既有"小家碧玉"之秀气，又有"宁静致远"之安逸,屋里屋外,诗意蔓延,给人一种安宁、恬淡之况味。

推开木栅栏,可见木门、铜锁、屏风、布艺沙发、木质桌子等,室内的家具陈列非常具有层次感。饰品有装饰画、陶瓷工艺品、茶盘、茶具,绿植、棉麻抱枕等,为家居风格增添了生活艺术感及简约、舒适的美感。整体来说,屋内的这些陈设,以最质朴的装饰去掉所有华丽感,很好地烘托出窗外如诗如画的风景,让人真切感受田园之中的大自然风味,让人仿佛置身于大自然中,完全脱离城市的喧嚣,享受着无比惬意的宁静。

当夜幕降临,院子里的灯盏次第亮起,月色也渐渐笼罩四野,整个庄园在月色下显得更为静谧与安宁。我推开木门,站在被月光薄薄笼罩的庭院中,抬头望见满天星辰,一粒一粒,散发出清辉。我不由轻轻叹息,想起我已经很久没有在这样一个夜晚,宁静的夜晚,空无一人的夜晚,遥遥地望那满天星辰了。我已经很久没有这样卸下满面尘埃、满心疲惫,静静站立于晚风中。

我就这样在黑夜里一动不动,站了很久。夜晚送来了一种久违的静谧,我听见了村庄深处传来三两声犬吠,我闻到了晚风送拂而来的花香,淡淡的,像是樱花,像是紫荆,又像是山桃花。虽难以分辨,但我的心里却陡然回想起童年时,在此刻与我相距1000多千米的玉舍村,在祖母的小院子里度过的那些美好的时光。我想起祖母在一盏昏黄的煤油灯下,在织布机前埋头织布,在雕花窗前纳鞋底的情景。想起一些雨天,我站在低矮的屋檐下,仰着头,看细细密密的雨丝从灰蒙蒙的天空落下来,一丝一丝,一滴一滴,落在我的眼睛里,落在我的心里……即便如今祖母已离我而去,可是这些回

忆，一直都在，在我的心里，我的梦里，回荡循环了千百次。而这一次，这些倏忽而至又弥足珍贵的回忆，都源自这里，源自这1000多千米的异乡，源自这个叫"云稼慢乡"的地方。

　　窗外的夜色越来越深了。我往餐厅走去，餐厅坐落在我入住的这栋民宿的对面，是一排单层的房屋，里里外外的装饰颇有艺术感。攀满石墙的常青

藤，木质的桌椅，角落里一些不起眼的小摆件……让我有一种穿越时空的恍惚感。在这里，很容易让人怀旧，也容易让人发呆。在这里，可以风中赏花品茗，可以树下折枝看花，可以檐下听雨，可以躺在摇椅上遥望满天星斗。在这里，我静静地感受那田园的永不消散的梦境一般的气息。

云稼慢乡

　　夜里九点，我和阔别已久的朋友们踏着夜色，一行人，挨挨挤挤漫步来到云稼慢乡湖畔露营营地。途中所谈及的话题，既有生活与日常，也有诗歌与远方。这是一群心怀美好的人啊，任由时光变迁，却仍然因了内心的纯粹与热爱，而不远千里相聚在一起。

　　云稼慢乡湖畔营地是毗邻梁子湖的一大片草地，这里地势平坦，空气清新，远处湖面碧波浩瀚，让人心旷神怡。阑珊灯火下，依稀可见草地上搭起了各式各样的帐篷。当地朋友介绍说，如果我们早一些来，在这里看落日，会特别美。傍晚时分，夕阳开始西下，视野开阔的湖面远处，太阳和水中的倒影越来越近，最后连成一线。湖面霞光万丈，一幅幅绝美的图片浑然天成。

去江夏
那边

回返的路上,道路两旁的树林里不时传出几声鸟鸣,像是斑鸠,又像是云雀。我们走在无边无际的黑夜里,我们走在浩瀚无垠的星空下。广袤的田野捧出越来越芬芳的花香,远处的湖水一定在不停息地摆动缀满花边的麻布裙。一路上,树影横斜,我不由站在一株开满繁花的紫玉兰树下,搓了搓微凉的双手。我迷恋于青草和泥土的气息,我迷恋于田野和花香的气息。言辞在此刻是多余的,我知道,在这个春天,这个难忘的春天,夜晚才刚刚开始……

隔天清晨，我是被不息的鸟啼声唤醒的。披衣而起，只见朝阳已高悬屋顶，门墙上爬满了阳光。门外的草地一片葱茏，有石斑草、车前草、龙葵、苍耳、一年蓬、婆婆纳……草丛间不时开出几朵碎碎的小花儿来，各种各样的花香接踵而至。出门前行，回头忽见一只小狗跟在我身后，眨巴着一双清澈见底的大眼睛。我转过身，蹲下来，向它招了招手，它向前几步，蹭到我跟前，欢快地摇着尾巴。我看着它的瞳孔，忽然有一种似曾相识的感觉。只是这样的场景，究竟是源自童年的记忆，还是经年的某一个梦境呢？我想了许久，却仍是无法言说清楚。

我挪不动脚步，我喜欢这里的一切。我希望时光可以就此慢下来、停下来。我愿意在这里等待一个又一个静谧的黎明与黄昏。

去江夏那边

少年英雄谭鑫培

❋ 刘桂英

江夏谭鑫培公园中央，有一个不大不小的广场，广场中央有一座不算高大的铜雕像。人来人往中，常常突然看见有人朝着铜雕像伏地跪拜，额头点地，满脸虔诚。这个铜雕像就是京剧大师谭鑫培。一百多年前，谭鑫培谭叫天红遍大江南北，传说皇宫许他自由出入，慈禧不见他茶饭不香，军机大臣那桐在堂会上当众给他下跪。20世纪20年代的中国，报纸没有普及，也没有广播电视，据说在一些偏远的地方，竟有人将他当作活神仙供奉在家里。

谭鑫培的艺术成就登峰造极，关于他的舞台笑谈如珠似玉。而他成名之前的那些奇闻逸事，流传至今，仍被人津津乐道。

单刀娶妻

三媒六聘八抬大轿，吹吹打打喜气洋洋娶媳妇的多了，谁见过一无聘礼二无花轿，却拿了一把短刀就把新娘娶回来的？这样的奇事就是谭鑫培所为。

说到谭鑫培的武功，首先得感谢金奎班。小鑫培在科班四年多，从开蒙

功练起，每天苦练十几个小时，什么扳腿、下腰、拿顶、翻筋斗、拧旋子、走吊毛、摔抢背等动作不在话下，就是桌子功、椅子功、下高、过高、上高、云里前扑、云里翻等高难度动作也是娴熟有余。小鑫培悟性极好，四年出头就提前拿到了科班毕业证，尤其武功出类拔萃，下腰能一连下几个时辰；拿大顶能耗几炷香功夫；四面筋斗、各路拳法以及"刀枪剑戟、斧钺钩叉、镋棍槊棒、鞭锏锤抓、拐子流星"等十八般武器，耍起来又快又准；筋斗旋子又轻又飘，姿态优美；他的劈叉飞脚、单提、蹲提令人叫绝；单手翻则手掼脚、脚掼手，连续翻转几十个，快得叫人眼花缭乱……这是一颗耀眼的星星，刚刚升起，人们还没有感觉到他的光和热。

去江夏
那边

　　进科班之前，父亲谭志道为鑫培定下亲事，对方也是梨园中人，刀马旦侯廉的妹妹，闺名侯玉儿。两家商定，等鑫培出了科班，就为两个孩子办婚事。可是，鑫培出科快一年了，谭志道准备给儿子娶回媳妇时，侯家却起了变故。侯廉在梨园界小有名气，而谭家在京师立足未稳，侯廉想将妹妹侯玉儿另许他人。谭志道又气又恼，却无可奈何，只怪自己无能。儿子的婚事黄了，脸面丢了不说，再要另寻亲事，岂不是难上加难？

　　鑫培起初也没在意，心想大丈夫何患无妻？见父亲整日愁容满面，长吁短叹，他反劝父亲宽心。谭志道叹气说："咱们异乡人，连婚姻大事也被人视为儿戏，说退就退，今后要想在这京城里干出点名堂，难呐！"

　　一句话点醒梦中人，左思右想了半天，鑫培暗暗拿定主意。

　　几天后的一个晚上，趁父母睡下，鑫培偷偷溜出家门。他向朋友借了几两银子，随身藏好练功的单刀，徒步前往天津侯家。两家之间二百余里路程，他日夜兼程，第二天就赶到天津，找到侯家。虽然是侯家背信弃义，鑫培心中怨愤不平，可是父亲一向家教很严，为人处世礼字当先，在门前踌躇了半晌，他将自己的名帖递进侯家，请求接见。

　　谭叫天已经来过，话已当面说清，鑫培已不是侯家准姑爷了，又跑来干什么？侯廉没把这个毛头小子放在心上，根本不予理睬，只等他知难而退。鑫培等了片刻，见无人出来答话，想我已是有礼在先，既然你们不讲理，那就别怪我不客气了。文的不行，还有武的呢。鑫培拔出单刀，径直闯进侯家，来到厅上，"嘭"的一声，单刀直直地插在桌上。

　　正在观望的侯廉一看鑫培气势汹汹地闯了进来，桌上的单刀明晃晃地颤悠着，吓得目瞪口呆。本来做了亏心事，心里胆怯，鑫培又这般架势，侯廉只好一叠声赔礼，又找借口："实在是小妹不满意这桩婚事，并非我们失信。"

　　鑫培此时倒很冷静，说出来的话掷地有声："既然这样，你叫姑娘出来当面说明。强扭的瓜不甜，我谭鑫培再无能，也不会勉强姑娘。"

话语刚落，只听一旁门内走出一个女孩儿，给鑫培深施一礼说："实在是我家无礼了！"原来侯玉儿就在内房，鑫培投来名帖，又闯进家门，她清清楚楚。眼见鑫培年纪不大，为了这桩婚事，独自疾行二百里赶来，说话有理，行事有方，勇敢无畏，真是个男子汉，侯玉儿不觉深感钦佩。这样的男人才可以终身相托。不等兄长再说，急忙走了出来，满面含羞带愧，"食言悔婚，与我无关"。

侯廉吃了一惊："妹子好糊涂！你也不看看，谭家有什么？"

"好马不配二鞍，好女不嫁二男。我既然已经许与谭家，就是谭家的人。"侯玉儿转身对鑫培说，"如果你愿意，我现在就可以跟你走。"

事情出现这样的反转，鑫培大感意外，没想到自己的未婚妻如此有情义、识大体，赶忙回了一礼说："多蒙姑娘不弃，鑫培铭感五内！"

侯廉也没想到妹妹会当着"外人"的面违拗自己，还说出这样的话来，不觉又羞又恼："亏你说得出口。一个黄花闺女，怎么能就这样跟人走呢？"

侯玉儿振振有词："既有父母之命，也有媒妁之言。我跟他走名正言顺，谁也不能说什么！"

侯玉儿端庄大方，是非明辨，敢做敢当，谭鑫培见了，一肚子怒气顿时烟消云散。此行本是为了向侯廉讨个说法，谁知玉儿对自己一往情深，竟然愿意马上跟他走，这可是他没想到的。鑫培脑筋急转，婚姻虽说是终身大事，马虎不得，可老话不是也说选日子不如撞日子吗？何不就像玉儿所说，今天就带她回家？也免得夜长梦多。拿定主意，鑫培收起单刀，一手拉住玉儿，对侯廉深深一揖道："今日之事，情非得已！得罪之处，只有改日再来领罪了！请你们放心，我谭鑫培今天带了玉儿走，此生一定不会亏了她！"

侯廉还想阻拦，鑫培手臂一挥，侯廉倒退几步，眼睁睁看着他带着妹妹堂堂正正地出门而去。

去江夏那边

谭志道醒来不见了鑫培，四处寻找，谁也没见人影。儿子素来听话，不管去哪里都要禀告父母一声，这一次怎么回事？会不会出事了？正急得像热锅上的蚂蚁，只见鑫培带着一个女子回家来，正是侯家的女儿、他的儿媳妇。谭志道喜出望外，听鑫培说了事情经过，更是打心眼儿里高兴，一则儿子有智有勇，二则儿媳有情有义。虽然儿媳妇已经进门了，谭志道还是没有轻慢，按照礼数规规矩矩给小两口操办了婚礼。谭鑫培单刀娶妻，一时传为美谈，人们不由得对这个初出茅庐的湖北小子刮目相看。

谭鑫培没有食言，一生与侯玉儿夫唱妇随，相濡以沫，美满幸福。

六合刀夜擒杀手

跑野台子那几年，演戏稍有空闲，鑫培就去交朋友、访名师，以他人之长补自己不足，他交的朋友三教九流，无所不包。这期间嗓子倒仓了，本来偶尔还能在京师露露脸，这一下鑫培彻底告别了京师舞台，一边调试嗓子以期恢复，一边演些武戏谋生。少年鑫培特别喜欢武功，只要听说哪里有高人隐士，就前去拜访，虚心求教。他为人坦诚，学艺刻苦，常人学得一鳞半爪就满足了，他必要得其精髓，每日苦练不已。师父见他一副赤诚心肠，欣然倾囊相授。

当时时局混乱，江湖上打家劫舍之事时有发生，豪门富户提心吊胆，四处请高人看家护院。通州一位徐姓员外想聘请一位保镖，朋友推荐了正在调养嗓子的鑫培。

去江夏
那边

通州不仅是京东重镇，也是京杭大运河的起点和水陆码头，商铺林立，徐家在此经商多年，生意兴隆，置下了一份大家当。常言道树大招风，徐家因为生意上的事不免与人结怨，多次蹊跷被盗，有一次还被人投来匕首恫吓，徐员外很需要一位身怀绝技之人防范不测，四处托人寻找，一个朋友向徐员外讲述了鑫培演出时路见不平拔刀相助的故事。

一天，粥班在马兰镇临时搭起的戏台演戏，台下看戏的人很多，男女老少，密密麻麻，有前湾后岭的村民，还有附近驻守的旗兵。鑫培正在台上扮演黄天霸除暴安良，余光瞟见一群旗兵在人群里横冲直撞，其中一个旗兵趁着人多拥挤，竟然调戏一位小姑娘。小姑娘躲躲闪闪，那个旗兵揪住她不放，身边的旗兵都跟着起哄，鑫培在台上看得清楚，村民眼睁睁看着，敢怒不敢言。鑫培想借用台词规劝那个旗兵，又担心弄巧成拙，闹出笑话让小姑娘羞愧难堪。总算有两个小伙子上前替小姑娘说话，却被那个旗兵叫嚷着推开，鑫培眼睛冒火，看自己这场戏演完了，鑫培也不卸妆，悄悄出了后台挤进人群，突然出现在旗兵面前。

旗兵吃了一惊，看清楚站在面前的只是个唱戏的，脸上还化着妆，气得破口骂道："臭戏子！与你什么相干？还不给我滚开！"说着就去拉扯小姑娘。

鑫培伸手一挡："应该滚开的是你！"

旗兵见眼前这人个子不高，人也不壮，还操着外地口音，哪里将他放在眼里？一帮兄弟平日作威作福惯了，谁也没敢拿他们怎么样，今天居然冒出个不识相的戏子来管闲事，顿时恶气上涌，抬腿就踢，一帮旗兵也都围过来。

鑫培不慌不忙，一探手抓住那旗兵的腿往回一带，往身后一送，那旗兵身不由己撞在一名同伙身上，两人都倒在地上。"好、好、好！"观众见鑫培还是刚才台上黄天霸那副扮相，叫道："好个黄天霸！就该收拾收拾这帮混蛋！"一边叫一边闪开，中间让出一块空地来。那帮旗兵见同伙吃了亏，掏出随身携带的皮鞭短棍等家伙就要动手，鑫培不等他们近身，挫身转腰伸腿，连使几个绊子，那帮旗兵跌的跌倒的倒，哎哟哎哟趴在地上，一个个摔得眼冒金星。旗兵们懵了，看看鑫培，爬起来转身就逃，鑫培抓住那个调戏小姑娘的家伙，左右开弓给了两个耳光，问道："还敢不敢？"那旗兵鼻子出血，战战兢兢地说："再、再也不敢了！"鑫培松开手，那家伙一溜烟逃了。众人拍着巴掌，比刚才看戏还热烈。

"太好了！徐某正要找这样侠肝义胆的壮士！"徐员外听了十分高兴，"又会唱戏，那就更好了，我也喜欢听戏呢！"

鑫培就在徐员外家里权当看家护院的保镖。徐员外见鑫培人品端正，精明机警，大喜过望，对他以宾朋相待。鑫培的主要任务是巡夜，入夜以后，徐家阖宅安睡，鑫培就换上夜行衣，在徐宅内外来回巡视，眼观六路，耳听八方。白天，鑫培休息过后，就抓紧时间吊嗓练功，希望早日重返戏台。

徐员外家一直平安无事，徐员外整天忙于生意，有空就去听戏，有时拉着鑫培来一段拿手活儿，欣赏他的腿脚功夫。鑫培积攒了一些盘缠，闲暇时到保定府投师访友，拜能人、异人为师，习练内功、轻功、夜行术，学少林刀法、拳脚等功夫，徐员外很支持他。

这年小年夜，徐家大摆宴席，男女老少合家欢宴，个个开怀畅饮。徐员外心情舒畅，多饮了几杯，不觉有几分醉意，宴席完毕，大家沉沉睡去。自从鑫培来徐家以后，徐家再没有发生失窃被盗之事，徐员外很感谢鑫培，宴席上让他也喝几口酒，他拒绝了。所谓"月黑风高夜，杀人放火天"。时近年关，徐家的对头说不定就等着这样的时机前来肇事。每逢风雨或节日之夜，鑫培都会更加小心提防，不放过任何风吹草动。这天，鑫培更加不敢懈怠，他穿好夜行服，腰挎六合刀，想了想，又背上一张紧背花雕弩，扎了一袋飞蝗石子。凭着对徐家院内院外的熟悉，他在暗夜中巡视，有时隐在墙角，有时隐在树上，严密监视着前庭后院，树叶落地的声音都逃不过他的耳朵。

果然被鑫培料中。半夜时分，一个同样身穿夜行服的不速之客悄然潜入徐家。鑫培从一丝不易觉察的响动中感觉有异，立刻判断出声音传来的方向，悄然掩身过去。只见一个家伙敏捷地从院墙上飞下，又飞身上了屋顶，只弄出一点猫爪似的声响，如果不是特别警惕，根本不能察觉。好轻功。鑫培心里喝了一声彩，看他究竟想干什么。那家伙鬼鬼祟祟地东瞅西瞄，来到徐员外卧室的房檐上，一跃而下，就要破窗而入，鑫培大喝一声："胆大贼子！看打！"

来人也不是吃干饭的，一惊之后返声一刀飞掷过来。说时迟，那时快，鑫培一手接住飞刀，一手掏出飞蝗石，喊道："趴下吧！"

鑫培这一掷用了全力，正中来人要害，那家伙不由得翻跌在地。鑫培几步跃到，一脚踏住贼人，那把寒光闪闪的六合刀冰冷地架在贼人的脖子上。来人连声哀告："好汉饶命！好汉饶命！"

卧室内的徐员外在鑫培的断喝声中惊醒了，一家人慌慌张张闹起来。鑫培说："员外不要担心，贼人已经被我拿住。"徐员外细审贼人，原来正是自己生意上的对头雇用的杀手，趁着年关之际来行刺他。那家伙是个老江湖，早探听得徐员外家请了保镖，以为不过是花拳绣腿做做样子的，不曾放在心上，哪想到这个保镖武功如此了得，自己一现身就栽了。

鑫培六合刀夜擒杀手的事，很快在京师传开了。

鑫培嗓子恢复以后，就被三庆班班主程长庚请了去，那一年，鑫培23岁。

三庆班是北京最有名气的戏班，鑫培主要演武行戏，舞台上不论长靠短打，都能得心应手。他个子不高，身轻体捷，腰功、腿功惊人，能跃起三四尺高接飞叉，摔壳子，从不失手，且身段潇洒漂亮，常常博得满堂喝彩。《恶虎村》是谭鑫培最精彩的短打武戏之一，他扮演的黄天霸与众不同，神形兼备，令人望尘莫及："演至接还迎送酒坛时，谭鑫培饰黄天霸立台中心，四个他路英雄分立四斜角，次第将坛掷来。谭从容不迫，右肩头顶去一坛，左肘尖挡去一坛，右足尖踢去一坛，左膝盖撞去一坛。四个坛子，不用手接手送，而以肩、肘、足、膝应付，能使对方接住绝不落地，足见其技艺熟练新颖，高出侪辈。（宋学琦：《谭鑫培的艺术生平》）""谭鑫培武艺特精……《挑滑车》《英雄义》最出色，余尝见其演《恶虎村》《翠屏山》《五人义》诸剧，迥不犹人。……身段刀法，皆非寻常家数，武行中多不能窥其门径，可知其神妙矣。"（陈彦衡《谭鑫培艺术表演概说》）

一个叫容光圃的大臣，十分热爱戏曲，对戏曲有着独到的钻研，他将人们公认为最杰出的十三位艺人绘成一幅人物长卷，长卷中有皮黄老生泰斗程长庚、小生徐小香、梆子艺人郭宝臣等，这就是著名的"同光十三绝"。这十三位名伶中，谭鑫培是唯一的武生。那时，他年纪轻轻，若干年后，这十三位显赫一时的艺人头上的光环几乎全都转移到谭鑫培一人头上了。

丹书白马守盟约，名标青史指泼墨
——记指墨画传人虞小风

✽ 蔡 英

"指墨者是苦行僧。"这是虞小风常对人说的一句话。一种艺术的兴起，没有苦行僧似的虔诚，是不可能造就艺术的发展的。他就靠这种虔诚，将整个身心投入手指画，有人叫他"工作狂"，有人称他"苦行僧"，有人说他是"疯子"。他的这股疯劲源自对中国传统艺术的热爱，源自对指画事业的未来充满信心，正是由于他的这股疯劲，这种献身精神，才打开了中国手指画复兴的序幕。

"虞疯子"，本名虞小风，曾用名楚人，1949年出生于福建龙岩，童年时在杭州和上海度过，他的手指画艺术是从父亲那儿学来的。从八岁开始，他就跟着父亲走南闯北，学素描，画写生，深得父亲画艺的真传，父亲对指画的执着精神和坎坷经历对

去江夏
那边

指画技法示范

135

他产生了深刻影响。

虞小风从八岁学画至今，废纸不下万张，长期练写和倾心作画，手指由于长期在墨水中浸泡而导致五指脱皮开裂，右手骨节异突，手指变形，晚上发胀，早上僵硬。但他痴迷指画，无怨无悔。他就是靠这种虔诚，将整个身心投入手指画中，夜以继日，废寝忘食。

虞小风的父亲虞一风，被指画界称为"四明一风"，是中国现代手指画艺术的倡导者。他生活的年代（1916—1986年），手指画艺术濒临失传，指画创作完全是个人行为，作品多为小品，没有什么大的主题性绘画。面对这一衰败局面，热爱中国传统艺术的虞一风决心为指画艺术的振兴而献身。他夜以继日创作了大量宝贵的指画作品，积极推广，还四处奔走，与志同道合者成立了"中国手指画研究会筹备会"。

呕心沥血的虞一风倒在了画案前。为了实现父亲将指画事业发扬光大的遗愿，虞小风决定继续坚守这份深情，重建中国指墨的人文精神，他将全部身心扑在手指画复兴的事业上。经过多年的艰苦努力，终于闯出了手指画艺术发展的新天地。虞小风连续每年举办全国性指画展，进行学术探讨，交流创作经验等。还创办了专业性艺术杂志《中国指画》季刊，编撰了50万字的《中国指墨》图典，建立了"中国指画"官方网站。

指画是用手指作画，以画家的手指代替传统工具中的毛笔蘸墨水作画。在虞小风先生看来，手指作为身体的一部分，比笔更能凸显人本身的心志。指画具有"残缺古拙的金石之味，力透纸背的阳刚之气，直抒胸臆的率真之美"等特点。用指尖、指头、指侧、指背塑造出来的灵动更能让人感受到生命之奇巧、世界之美妙。

中国有指画一说，起源于唐朝。唐代山水画家张璪，曾有过"手摸素绢"的记载，但也只是说他曾用手指头修改过画中局部，没有系统地用手指头画出完整的画。据传，唐代画圣吴道子也是指画先驱。清《成县新志》载，"观音像碑，县四十五里广化寺中，唐吴道子画。碑绝两截，中伤其手。自前明传来，仅存上截。国初，有儒童肄业于寺，乃从砌石中寻出下截。今存。"此碑上圆下方，高约七尺，宽约四尺五寸，碑身高大壮观，其观音画像，线条舒展，状态生动，头束云鬟，面部圆润，体态丰盈，神情安详，栩栩如生。左下方落款处刻有"唐吴道子指画"六个一寸见方的字。

对指画的特有技法有着详细记载和有传世作品的，当数明代"江夏画派"。相传明代画家、湖北江夏人吴伟精山水及白描人物，与杜堇、沈周齐名。吴伟（1459—1508年），其人物宗吴道子，山水近承戴进（明初"浙江画派"创始人），是"江夏派"的创始人，也是中国指画艺术的创始人。其后的著名指画艺术家则有明末清初的傅山、清初画家高其佩和近现代潘天寿、"四明一风"等。傅山，字青主，明清之际思想家，其于经史子集无所不通，兼长医学，在诗、文、书、画等方面，皆善学妙用，造诣颇深，清

初诸儒中，无出其右者。而指书、指画尤为其一绝，但留存很少。高其佩传承手指作画，其传授指画创作技法并形成了一个指画创作群体。浙江籍画家潘天寿是中国画坛巨擘，其《听天阁画谈随笔》一书中有大量的有关手指画的专论，他在指画艺术上的造诣同样令中外瞩目。

在当代的指画艺术界中，虞小风的作品从内容到形式都有很大突破。他的作品题材以雄鹰与荷花为主。他指下的雄鹰或翱翔长空，或雄踞于苍松巨岩，或搏击风浪，或聚集于苍茫山水之间，有着胸藏天下的气度。他创作百米长卷《百松图》，巨幅指画《松鹰图》堪称这类画的经典。而他指下的荷花则色彩斑斓，或墨色凝翠，或清淡如水，充满禅意。这类画的代表作有《月色溶溶照玉荷》《无边清气满乾坤》《远望》等，体现了画家野云闲鹤般的气度和亲近自然、超脱自然的风骨。虞小风曾说：雄鹰意寓"天行健，君子以自强不息的奋斗精神"，它是一种入世的精神；而荷花意寓"出淤泥而不染，冰清玉洁，中通外直的品格"，是一种出世的精神。用入世的修炼，出世的修为，才能实现人生的价值，构建成完美的人生。

指画是一种有独特魅力的艺术，虞小风既反对否定传统，又反对故步自封，他十分注意发扬传统绘画精神、技法，但又不拘泥于传统，将前人创造的优秀文化传统继承下来，取长补短，并容纳不同派系，将不同层次的指画家团结起来，使指画家的创作融入社会、融入时代的洪流，从而达到手指画创作的群体化。

观虞小风早期的指画作品，采取指画的传统手法较多，开始看时，墨色、墨点占满了眼球，给人一种扑朔迷离的感觉，有些抽象，走近一看，隐藏在点点里面的却是具象的屋宇、树木、山石等。同时指头的形态、手掌的肌理及纹路也看得出来，手指画那种意到神不到、神到形不到、指到墨不到的艺术效果常常在画面出现，充满了原始、古朴、稚拙的力度美。倘若目睹过他作画，可见其五指瞬间就变成了一个"多功能组合式毛笔"，一会儿是指尖、指头，一会儿又是指侧、指背，有时甚至是整个手掌，在纸上点、勾、挑、划、擦、染。手指或轻或重，或缓或急，节奏弹跳间，物体跃然呈现。

晚年的虞小风倾其所有，在武汉江夏庙山创业农庄创建了虞小风指画博物馆。该馆占地面积5亩，耗资2000多万元。室内有从清代至今的指画作品上万件，还有相关文物数千件。

凭借自己的实力和才干，虞小风连续六届任中国手指画研究会会长，出任"江夏画派"中国手指画研究院院长，并被指定为湖北省非物质文化遗产手指画代表性传承人。他说："江夏画派在中国绘画历史上地位相当高，我想通过文化来宣传江夏，建成一个'江夏画派'美术馆，美术馆的建立可以为中国指画的发展奠定一个很好的基础。我最终的目的是打造中国指画博物馆，让全国乃至全世界的人都领略到指画艺术的风采。"

这位走南闯北，为发扬光大中国指画艺术而倾其所有的"疯子"，将生命的血液不断地注入自己的绘画事业中去，不畏艰难险阻地在指画艺术的高峰上奋力攀登，殚精竭虑。为了父亲的遗愿，也为了自己与"江夏画派"的这段因缘，更为了中国指画事业的未来，一直如醉如痴地在指画艺术道路上不断探索和前进。

江夏行

Jiang Xia Xing

❋ 张 口

第一次去江夏的情景依然历历在目。我坐着慢火车去的，下半夜才到，在汉口火车站下的车，夜风有点凉，在出站口附近找了一个背风的地方连抽了好多支烟，直到把依稀的夜染成灰白色才到路边打了个的，坐进出租车时突然有点恍惚，告诉陌生的司机去处时，我怀疑我说出的地名是否真实存在？转而，我长舒一口气。司机并未提出异议，默默开着车。我莞尔一笑，真的要与那些好朋友们见面了。

乘夜色而来，此刻坐着在晨光下飞驰的出租车中，仿佛已过了许多许多年，但也好像只有一瞬，我来到了江夏，建制于西汉、溯源于东周的江夏。江夏的阳光，在出租车洁净的玻璃窗上跳着东周的舞蹈欢迎我这个从东海国来的人。

透过车窗，看到街头热气升腾的早点摊，才顿觉自己的肚子有些意见了。热干面——从我的脑海里倏一下就跳了出来，

去江夏那边

心想终于有机会吃一碗正宗的热干面了。在苏州上大学的时候，食堂里也有热干面，也很不错，若是中午吃的话，那满嘴的香味要到下午第一节课上课时才能散尽。不禁神往正宗的武汉热干面，会是一种什么样的滋味？

袁磊打电话来了，告诉我他在江夏一中门口等我。车流尚在涌动，我就看见了他，玉树临风，一动不动，若有所盼，若有所想。车在他面前停下，我打开车门的刹那，他一见是我就冲了上来，哈哈大笑着跟我先来了个抱抱。然后，我们一起去吃了个早餐，奇怪的是那天早上他带我去吃的什么已经忘了，肯定不是热干面，若是热干面我定会记得。我们一见面就开始热聊，我也就忘了要吃一碗正宗的武汉热干面这回事了。说起来挺遗憾的，因为对于我这个馋鬼来说，这次来心心念念就想吃一碗正宗的武汉热干面，却直到离开那一天也没有吃成。而这份遗憾又让我期盼着什么时候要再来一次武汉。

长途劳顿，眼皮缱绻。至报到的宾馆，开好房间后，袁磊就去忙了。我洗了个澡，剃去在火车上疯长十三个小时的胡须，整个人瞬间清爽了些，困意也去了大半。随手拉开房间的窗帘，西面有一个池塘，水里倒映着许多打开着的窗户，烟雾缭绕间我忘了自己是什么时候睡着了的。袁磊来敲门时，天已黑，他来叫我去吃饭。我让他先去，我收拾收拾自己，才下楼。

令我这个馋鬼没想到的是江夏的食物竟那么好吃，有些菜上来后转一圈就只剩下空空如也的盘子了。

141

对于来自大海边且曾在苏州生活过多年的人来讲，大闸蟹并不是什么稀奇的东西。苏州阳澄湖大闸蟹是中国三大名蟹之一。所以，当服务员把一盘大闸蟹放在我面前时，我只是淡淡地看了一眼，便把筷子迅速地掠过，去夹了一叶青菜。旁边作陪的一位江夏本地作家突然说："千古江夏诗文在，梁子湖畔蟹正肥。来，请大家尝尝著名的梁子湖大闸蟹。"说着就往我餐盘里搞了一只，真是盛情难却呀。现在回想起来，真是非常感谢这位热情的江夏朋友，要不是他，我可能就错过了这惊心的美味。

去江夏
那边

打开蟹壳，奇特的鲜味迅猛地钻进了鼻孔，嗦上一口，金色晚霞般的蟹黄香味层次丰富，舌尖上的味蕾瞬间炸开。这味道，这别样的味道，这一次我是真正感受到了什么叫"蟹过无味"。后来听说，梁子湖大闸蟹在当地也有"河蟹上席百味淡"的美誉，真是名副其实。坐在我另一边的云南朋友张雁超，一只又一只，津津有味地吃着。一盘大闸蟹很快就光了，有人问：大闸蟹还有吗？大家哄堂大笑，酒正酣的袁磊立刻冲着服务员喊道："服务员，快，大闸蟹再给我们上一份。"

接下来的几天，时间过得更快，我们去了明楚王的茔园、惊矶山、中山舰纪念馆、小朱湾等地方。我一直记得在小朱湾那天，当时小朱湾正在开发建设旅游景点，那天天气出奇的好，我们一群人翻越了一个寂寞的围栏，却偶遇了一片热闹的橘子树。一只只橘子挂在枝头，在风中摇晃着皱巴巴的脑袋，仿佛一群年事已高的思想家在高谈阔论，而我们这些年轻的诗人也对挂在枝头的这些思想家发表了一番看法，企图分辨出它们之中哪个是最甜蜜的。最后，还是买下了一些看着比较顺眼的。

那天的中午饭是在小朱湾的一处农家小院里吃的。这家小院改建的很是赏心悦目、古朴、优雅，院落里点缀的一些景观也很有意境。我身体里巨大的馋虫早已躁动不安，非常期待在这里大餐一顿。现在，我已经可以叫出一些江夏美食的名字了，比如粉蒸肉、武昌鱼、黄肉等。

一道一道精美的食物被端上来，然而，有一道菜，没有华丽的形式，只用一个褐色瓷盆盛着，但是我一眼就瞧中了它，迫不及待地想尝一尝。来江夏这几天，我给我母亲打过一个电话，我母亲说家里没什么情况，只是我大舅最近身体有点儿不太好。我小时候经常去我大舅家，上学之后，每到暑假必去。那个时候，我大舅家的生活条件比我家好很多，我在他家能吃到很多在家吃不到的好吃的。在我七八岁的时候，有一天，我在大舅家吃晚饭，木头做的方桌子上有一个小盆，盆子里盛着一些圆圆滚滚的东西，用筷子不好夹，好不容易弄了一个到碗里，一口咬下去，只觉无比嫩滑，非常爽口，我

去江夏那边

好奇地问我大舅这道菜叫什么，我大舅说这道菜叫"滚蛋"，吃完你抓紧滚蛋的意思。虽然我大舅说完哈哈笑了，但我还是很生气。那时我虽小，却是很好面子的。我匆匆吃了几口，就放下了筷子。到我舅奶家拿了我的衣服就往家跑，害得我舅奶跟在我身后气喘吁吁地追我，我听到我舅奶在我身后喊小孩不能跑，这样跑会长不高，才吓得停下了脚步。现在想想只觉好笑。我从江夏回去之后，第二天就去看望了我大舅，六十多岁的他已经不再和我开玩笑，从言谈中能听出来，他希望我能多去看看他。在我们的一生中，有些食物，一辈子我们都忘不了，因为你一看见它就会想起某个人，你一想起某个人，就想吃一吃那个食物，想念或孤独就得到了安慰。

我想大家已经猜到我瞧中的是什么菜了，正是汤逊湖鱼丸。虽然此鱼丸非彼鱼丸，但是由于前一天在和我母亲的通话中刚刚聊起过我亲爱的大舅，一看到这鱼丸,便想起了儿时的那段经历。在我而言,汤逊湖鱼丸也是我在江夏吃到的最特别的一道美食。

因此,我若用语言来形容汤逊湖鱼丸的味道总觉得是多余。就像它自身所呈现,既不必用精美的食器来盛,也不会摆出个什么奇特的造型来吸引你。《学记》曰:"虽有佳肴,弗食,不知其旨也。"美味需要食者亲自去品尝,自会品尝出个人的别番滋味。此刻,我又想起了常年生活在江夏且已在江夏扎根的好兄弟袁磊,他的精神气质与这汤逊湖鱼丸的品质有相似之处,内秀、真诚。

那天晚上,江夏的夜特别寂静,夜越寂静,人越清醒,人越清醒,夜越长。在漫漫长夜中,回想这次欢聚的时光,那些可爱的人、可口的食物,以及烈酒和热泪,在内心深处已分行成诗,将一生铭记。

去江夏那边，逛逛武汉的"后花园"

※ 梁书正

去江夏那边，我是沿着诗的脉络走过去的。

唐玄宗开元十八年（730年）三月，一代诗仙李白得知孟浩然要去广陵，便托人带信，约孟浩然在江夏相会。几天后，孟浩然乘船东下，李白亲自送到江边，写下著名的《黄鹤楼送孟浩然之广陵》。而我到来的时候，也恰逢三月，车在长江大桥上奔走，桥下江水滚滚东流逝，连接苍茫天边，难怪崔颢会有"昔人已乘黄鹤去，此地空余黄鹤楼，黄鹤一去不复返，白云千载空悠悠"这千秋第一绝唱。

也许有诗的加持，在江夏的时光过得快乐而自在，也与众多人间盛景相逢。这其中，龙泉山就是不可多得的一处。

据《江夏县志》载："龙泉山古称灵泉山，因灵泉寺山中有色碧味甘的清泉潭而得名。"龙泉山顺龙盘结，群峰高耸，其山三面环水，东面是梁子去江夏那边，逛逛武汉的"后花园"

湖，南北则有两条山脉自西向东连绵9千米，与处于盆地中的景区形成二龙戏珠之势，由此形成7.6平方千米的幽谷风光带，在无边碧浪之间，逶迤崛起云山、大龙山、二龙山、龙嶂峰、玉屏峰、天马峰、马鞍峰等。自古这里被视为山环水绕、湖山钟秀、林泉幽穆的"福地仙壤"。如此美景，说是武汉的"后花园"全不为过。

车进龙泉山，早有朋友等候多时。一路上，可见各种建筑，或倚山为亭阁，或随水为轩榭。这其中有灵泉寺、听松阁、远眺亭、大观桥、春露亭、秋爽亭、晴雨井、百卉园、蓼莪堂、含山楼、万卷书楼、拜寿台等蔚然十二大景观。我们不时停下脚步，听钟鸣涛声，看细水长流。这些金碧辉煌的楼台亭阁，都是历代官员中的隐逸之士修建。如"万卷书楼"是唐代宰相李

奚修建的；"含山楼"是宋代诗人张芸叟修建的；"万寿台"是元代宰相沈如筠修建的。

如不是有人间仙境，谁又会在此倾注如此心血呢。

龙泉山三面环水，由天马峰和玉屏峰两条山脉蜿蜒相环，形成"二龙戏珠"之势。当年汉高祖刘邦得天下后，以武昌为舞阳侯樊哙封地。从那时起就有许多隐逸之士来此隐居。唐朝天宝末年，宰相李蹊开基造屋，凿地得泉。奇怪的是这两口井能占验天气，东井冒气则晴，西井冒气则雨，所以以前叫"灵泉山"，后来才更名为龙泉山。1364年，朱元璋率军至武昌征讨陈友谅之子陈理，陈理兵败请降，朱元璋第六子朱桢恰好此时出生，朱元璋一时兴起，封其为楚王。

还有一说：朱桢每年都会到灵泉山避暑，他发现这里山清水秀，景色怡人，常常感慨说："惜乃阳地，若为阴宅极佳。"朱桢认为活人占据灵泉山有点可惜，适合做死人的阴宅。后来有个姓王的风水先生，经过一番勘测，得出结论：这里确实是一块风水宝地。朱桢决定把灵泉山作为自己死后的陵园。但手下人告诉他，这里埋葬着汉朝名将樊哙，一千多年之前，樊哙的封地就在武昌，死后葬在灵泉山。朱桢虽然霸道，但也不敢轻易挖人家祖坟，这可是重罪。为了避免樊家后人找麻烦，王先生就给朱桢出主意，让他挖开樊哙墓，把一块刻有"此地本是楚王地，暂借樊哙上千年，今日时至期已满，樊哙迁移到东边"的石碑放在墓中。朱桢大张旗鼓挖掘樊哙墓的时候，人们发现了石碑，口口相传，等消息传到了樊哙后人的耳朵里，樊哙墓已经被东迁了一百多丈。事已至此，樊家人信以为真，觉得这是天意，只好默认了事实。楚王朱桢去世后，葬在了灵泉山风水绝佳处，就是樊哙墓原来的位置。

从此，灵泉山才易名为"龙泉山"。朱桢61岁病死，获谥号"昭"，这里后成为昭、庄、宪、康、靖、端、慈、恭、贺九世楚王陵寝。与北京十三陵南北呼应。"北有十三陵、南有九王寝"之说也由此而来。

灵泉寺原名最初由寺之开山祖唐代高僧晓然所取,到了北宋初年,寺僧李无怀改名为龙泉寺,现在重建山门后的寺庙又恢复唐代的名称——灵泉寺。

当年的灵泉寺位于玉屏峰东麓,建于749年,毁于明清。当初的建筑有大雄宝殿、天王殿、地藏王殿、罗汉堂、藏经楼、佛堂、钟楼、鼓楼等一共99间。寺庙依山势而建,逐层拾级而上,至山顶闲闲亭和白云窝共有七重,殿堂多采用横向长方形布局。法相庄严,胜迹灵显,钟声在苍烟暮霭中回响,别有洞天。鼎盛时期规模极其宏大,僧众多达五百余人。寺里还有江夏王李道宗制的古铜鼎一口,重18千克,珠光亮霞,灿烂夺目。

2002年,灵泉寺重建,选址于龙泉山天马峰南麓,楚昭王寝西侧,占地面积100多亩。寺院整体依山而建,坐北朝南,红墙金顶,煞是壮观,远远望去,重重的楼阁,无尽的庄严,牌坊、山门、大雄宝殿、天王殿、客堂、上客堂、斋堂、方丈楼、僧寮、财神殿、地神殿、准提阁、龙王阁、素春斋、流通处、居士楼、书画院、放生池等建筑已粗具规模,逐渐成为华中地区大型佛教道场之一。

而我,已走出了庙宇。

多年前,有一位诗人来到龙泉山,兴致所至,写下了这样的诗句:共上灵泉绝顶望,苍茫绿水碧云天。今天,我以一个游者的身份来到这里,读到这样的诗句,只能想到"秋水共长天一色""长河落日圆""月涌大江流"。

这是不是龙泉山的另外一种境界呢?

张天佑游览龙泉山,写下"遥看青山山郁郁,近观碧水水溶溶。吐梅白玉树树异,销柳苍烟处处风"。黎淳这样抒情:"水声到地尽,山色入楼多,明月双溪柳,香风十里荷。"唐代的李奚如此赞美:"山静云生石,水

去江夏
那边

清月满川，邻鸡声喔喔，寒雁影翩翩。"张祥写道："松骨挺天坚耐冷，梅腮破雪晴飘香，欲识灵泉景色好，凭楼百幅当盈窗"……

一诗一画，一诗一景。龙泉山是不是武汉诗歌盛放最美的一处？

去江夏，看人间盛景，逛武汉的"后花园"。

我想，武汉那边的诗和远方，不在他乡，即安此处。

江夏的美食

✾ 刘小平

一、合菜面

湖泗街是江夏区"南八乡"之一,位于江夏区境内东南部,地处江夏、大冶、咸宁三地交界的边缘,是"一鸡唱响三地和"的所在。因其地域偏远,交通闭塞,其乡风民俗自成风格,被江夏人戏称为"湖泗国"。

汪曾祺说:"四方食事,不过一碗人间烟火。"如果你来湖泗做客,摆放着七蒬八珍的餐桌上一定少不了一盘地方特色美食——合菜面。

合菜面,也称伙菜、伙菜面,是湖泗人酒席上的第一道菜。这道菜的由来还有个流传了四百年的民间传说。

明末辽东经略熊廷弼,字飞白,号芝冈,官方的说法他的出生地在纸坊,湖泗人世代都称他熊芝冈,认为他祖籍在湖泗。这也难怪,熊姓在湖泗是大姓。

这一年,在辽东抗击努尔哈赤的熊芝冈再度在党派纷争中受到牵连。熊芝冈回到家乡武昌府,成为楚王的座上宾,参与修筑四邑公堤、五里堤、南堤、官堤等,官堤即今湖泗北部官堤洲垸。熊芝冈目睹了梁子湖南部水患严重,老百姓忍饥挨饿。为了引起楚王对灾情的注意,他请楚王来梁子湖南部考察。并在楚王要经过的地方用麦芽糖写了"江夏无麦粮"五个字,当即一群蚂蚁过来围成了五个蚁字。楚王见字脱口而出,"江夏无麦粮"。熊廷弼说:"想必是江夏年年受灾,上苍将这几个字呈现在王面前,王金口已开,宜减免税赋并赈灾。"楚王听后,也深感天意,遂免除江夏两年税赋并赈济灾民。

乡亲们感念熊芝冈大恩,就想请忙于修官堤的熊大人吃一顿饭,但乡亲们家里多是空的。于是东家凑一把舍不得吃的面末、西家出半挂苕粉,也有翻出几块豆腐角渣。锅里倒上熟菜籽油,加入泡好的苕粉,炒熟备用的面末,豆腐角渣,一大碗罐子里放了很久的卤汁,合在一起炒,直到产生锅巴,最后点缀一小撮葱花,乡亲们的大菜就做好了。这盘代表着乡亲们心意的菜,熊芝冈吃得很香,他说:"这个菜色泽金黄,香飘四溢,油而不腻,真是好吃!几种食材大伙凑的,伙在一起成了一道美味佳肴,面条炒着吃也很特别,就叫'伙菜面'吧!"乡亲们都很认同。

之后,合菜面便在湖泗一带流传开来,它更被湖泗人赋予了特殊含义。四百年来,餐桌上的鸡鸭鱼肉、山珍海味,都不能撼动它的地位。

地道的合菜面需要提前准备鱼肉卤汁。将卤汁倒入锅中,放入十三香、鸡精、味精、胡椒，加热后放入炒得焦香的面条、豆腐角丝，用温情的小火慢慢烹煮。微微跳动的火苗舐着锅底，袅袅蒸汽和着浓郁的香气渐渐溢出。再加入用开水浸泡好的粉丝翻炒，起锅之前加入芹菜、香蒜，用生抽提鲜，少许老抽上色。

端上桌的合菜面，面条柔韧细腻，鲜香可口；粉丝晶莹剔透，油香润滑。其用料繁多，耗时良久，不仅具有蔬菜的清甜，还兼有鱼肉的鲜香。其制法以卤、炒、烹相结合，饱含了主人一片浓浓的深情。

"花径不曾缘客扫，蓬门今始为君开。"如今，在江夏的酒肆饭馆、豪华餐厅，常常会有大盆大钵为你呈上这道传统美食。细心的你会发现，其余的菜品多用精致的盘碟盛放，唯独合菜面只用大盆大钵。这正彰显了湖泗人待客热情、做人实诚、行事靠谱、不偷奸耍滑的传统乡风！

二、柴火豆腐角

"湖泗豆腐角，客来必上桌。看似黄金块，吃是不老药。"过去的湖泗农家，几乎家家户户都会打柴火豆腐。

记忆中，每年腊月临近年关之时，母亲都会把地窖里储藏的黄豆搬出来，打上几桌柴火豆腐。

首先是选豆。眼明手快的母亲将霉的、烂的、被虫蛀过的病豆分拣出来，只留下一颗颗籽粒饱满的黄豆。将其浸泡一夜后，翌日将泡胀的豆子掺水磨制成浆。大锅烧开水，倒入豆浆中稀释，撇去浮沫。然后将豆浆倒入纱布包袱中过滤出豆渣。我很喜欢这个过滤的过程，看着父亲扶着包袱角左右摇晃，乳白色的豆浆溅玉飞珠般流溢在木桶中，很是有趣。豆渣分离后，过滤到桶里的豆浆倒入柴火灶锅烧开，再倒入缸中，用适量石膏水点浆，搅拌七八分钟后，就成了白玉似的豆腐脑。

豆腐脑制好后，母亲便将纱布包袱放在箴筐中，将整锅豆腐脑全部倒入，为纱布包袱打了个好看的蝴蝶结，搬来一块坑坑洼洼的青石板，压在包袱上，挤压出多余的水分。约莫半小时后，柴火豆腐就制好了。

解开包袱的结子，白嫩水滑的豆腐如脂似玉，散发着淡淡的豆香。令人不由想起元代张劭的那首唯美的《豆腐诗》："漉珠磨雪湿霏霏，炼作琼浆起素衣。出匣宁愁方璧碎，忧羹常见白云飞。"

只是母亲不会念诗。她将豆腐切成一个个方块，再将方块剖成一个个等腰三角形。大火烧温菜籽油，入锅炸至两面金黄，待它们像一条条金鱼浮出油面，柴火豆腐角就大功告成了。

你可以用柴火豆腐角氽火锅，也可以给点十三香、五香粉、生抽等佐料，烹煮干锅豆腐角。无论哪种吃法，柴火豆腐角都是外皮柔韧，内里嫩滑，香味久存唇齿间，令人百吃不厌。

过去的湖泗人，曾把豆腐角叫作"肚肥"。炸好的豆腐角中央微微隆起，确实有点儿像中年油腻大叔的便便大腹。在宋朝时期，湖泗豆腐角也被叫作"窑角"。当时，沿梁子湖的湖泗、舒安、保福、山坡、安山若干个乡镇建有许多龙窑，纵横绵延一千多平方千米，蔚为壮观。人们在农忙时种庄稼，农闲时烧窑，制作瓷器、陶器与砖瓦。这些烧窑的农民制作的豆腐角也就成了"窑角"。

古人吃窑角，可没有现代厨房丰富的佐料，甚至是食盐也叫"官盐"，是平常人家不敢奢求的。人们常常将野外开着粉白色小花的辣蓼摘取来，捣碎，用来蘸食窑角。辣蓼丝丝缕缕的辛香，给窑角增添了别样的食趣。

三、贺胜桥土鸡汤

立冬过后，冬季伊始，阳退阴生，生气闭蓄，万物开始收藏。而喝汤则是人们秋补冬藏最好的养生方式之一。

最初的汤只指热水。后来人们往热水中加入一些菜品、调料，发现不仅味道格外鲜美，也能满足人们口腹之需。相传彭祖就是用一罐野鸡汤治好了尧帝的厌食症。

在江夏区山坡街贺胜桥，这里的土鸡汤，做法独特，汤味清鲜，令人垂涎三尺，难以忘怀。南来北往的食客，纷纷驻足品尝，一享美味。

要想鸡汤鲜美，食材最关键。鸡必须是食米谷青虫的两年以上的散养土鸡。杀好，洗净，剁块后，放入瓦罐。倒入甘甜清洌的井水，没过鸡块。再将瓦罐放入柴火灶上的蒸笼里，武火蒸开后，文火慢蒸两小时。待土鸡的鲜香与井水的甘甜充分融合，浓郁的香味在空中弥漫开来，鸡汤便蒸好了。最后掺入煮好的手工苕粉，一罐鲜美无比的贺胜桥土鸡汤便大功告成了。

普通鸡汤使用的是烹煮、熬制的烹饪方法，贺胜桥土鸡汤则是在柴火灶上蒸熟。喝汤食肉，顿觉鸡汤鲜甜，鸡肉香嫩。再挑上一筷子被鸡汤充分浸润的手工苕粉条，"哧溜，哧溜"的，润润滑滑，柔柔韧韧，那滋味真叫一个美呢！

四、土鳝鱼蛋花羹

鳝鱼常生活在稻田、小河、小溪、池塘、河渠、湖泊等淤泥质底层。

宋代陈藻写的《建剑风土》中有："四时篁有笋，两岸鳝多鱼。"唐代杜甫写的《又观打鱼》中有："日暮蛟龙改窟穴，山根鳣鲔随云雷。"也反映了鳝鱼的生活环境。

我从小就不喜欢鳝鱼，全身滑溜溜的，在水田里像小蛇一样扭来扭去，令人心生怯意。

后来，在餐桌上见到用各种方法烹制的鳝鱼，不是红烧的，就是干煸的，往往佐以浓烈似火的红辣椒，叫人实在难以下箸。

家乡素有"无汤不成席"的说法，举凡筵宴，必定会有一锅鲜醹香美的汤压轴。去年秋天，我在保福的正宗土菜馆，偶然遇见了一碗鲜美无比的土鳝鱼蛋花羹，彻底颠覆了我素来对鳝鱼的偏见。

取土鳝鱼两斤，杀肚，拍开，洗净污血，斜刀切成约1厘米宽的鳝鱼丝。锅中倒入少量色拉油，烧至油温，倒入鳝鱼丝翻炒至微黄，加入适量清水，大火烧开后继续烹煮15分钟，直至煮出白汤，放入少许猪油。再取七八个土鸡蛋，打碎搅拌，倒入汤中铺成蛋花。最后给盐，用少许老抽、鸡精、白胡椒调味。如此，一锅营养丰富、味道鲜醇的土鳝鱼蛋花羹就熬制成功了。

你若细细品来，鳝鱼肉质鲜嫩，汤汁润滑，蛋花如藻荇漂浮在汤面，格外养眼诱人。从营养学角度来看，鳝鱼属于高蛋白低脂肪的营养保健食品，能降血糖，保护视力，消除水肿，还能补益气血，特别适合产妇及体虚者食用。

在乡村，春夏两季多见鳝鱼游动在水田、池塘。有经验的田夫将一个口小腹大的长圆形篾篓搁置在田垄里，篾篓中放上几条蚯蚓作诱饵。几个时辰过后，你会看到一条条鳝鱼被困在筐内，不停地蠕动着身子。也有淘气的少年，将家中油纸伞的伞骨弯成铁钩，放上诱饵，也能引来许多念食愚钝的鳝鱼。

到了秋天，雨水减少，鳝鱼就钻进了田埂的洞穴之中。放学的孩子们一放下书包，就野到田埂上摸鳝鱼。性急的连工具都不要，直接将手指伸进洞穴里，抠出几条滑溜溜的鳝鱼。不过，运气不好的时候，也会摸到一条全身凉凉的惊悚的水蛇。不仅没有捉到鳝鱼，手指还被蛇给狠狠咬上一口。

有一回，我的小伙伴胜利就被一条水蛇咬到，又惊又怕，在水田里放声大哭。我在田埂上也吓得不知所措。所幸，田间的水蛇是无毒的。过了一夜，被蛇咬伤的孩子，便好了伤疤忘了疼。翌日，他灵巧的身影，又活跃在家乡的田埂上。

五、苕粉肉

小时候，家乡的酒席只有四大菜一荤汤。汤是猪脚汤或排骨海带汤，海带还打着好看的结子。四大菜是：红烧肉、豆腐角、红烧鲢鱼、炒粉条。粉条即手工苕粉，后来人们又将其做成了一道美味：苕粉肉。

保福人却爱叫作苕粉砖。因为它外形四四方方，表皮灰黑，确实像砖块一样。虽说其颜值有点木讷，可口感细腻爽滑，味美鲜香，是一道难得的美馔珍馐。

一粥一饭，当思来之不易；半丝半缕，恒念物力维艰。要做上一盘美味的苕粉肉，先得花一番工夫磨苕粉。红苕洗净后用磨苕机打碎，溢出的浆粉沉淀约15小时后，水粉分离。倒掉多余的水，把凝结成块的湿苕粉放在簸箕上晒干，碾成粉末。那时，家乡的女人都会磨苕粉，可最好的苕粉还是来自保福的五里山村。

苔粉有干、湿两种吃法。干吃，即加入适量南德调料、少许盐，用清水和成糊状，在锅中像摊软饼一样煎熟即可。这种苔饼摊来方便，也很好下酒。三五好友坐在一起，掰扯着野史闲话，抿上一壶小酒，分食一张苔饼，其间的惬意自适，绝对不逊于湖心亭中看雪的几位文人雅士。

另一种吃法就是苔粉肉。取适量苔粉，加水，给盐少许，搅拌成糊状。热锅冷油，烧至油温，将苔粉糊入锅煎至两面金黄。盛出，切成端端正正的小方块。将五花肉切块，在锅中炸出油香，苔块入锅翻炒，再加入切段的香蒜。起锅前用少许生抽、蚝油提鲜。

刚出锅的苔粉肉滑润光泽，鲜嫩绵软，香气扑鼻，一搁冷就硬成了疙瘩块，口感全无。

做这道菜并不难，但苔粉与水的比例很重要。苔粉糊调制太干容易煎夹生，太稀又不容易凝结成饼。关键在于厨师平素积累的经验，而生手常常容易做砸了锅，不是调稠了就是和稀了，果真是看菜容易做菜难呢。

六、麦酱

"不觉初秋夜渐长"，立秋之后，夜渐渐寒凉起来。此时，家乡的女人们便开始熬制麦酱了。

天刚麻麻亮，母亲躬曲的身影便出现在灶房里。只见她将小麦倒入大木盆中淘洗干净，沥干，一勺勺倒入石磨中，磨成麦粉。再给好看的麦粉掺入少量清水，入锅烹煮十来分钟。然后将煮好的麦糊盛起，倒入脸盆，用纱罩罩好。

在薄如蝉翼的月色里，母亲将脸盆搁置到屋顶的青瓦上。月色如水，凉露渐生，不知不觉漫湿了夜行人的青布鞋。而盆中的麦粉正饥渴地吮吸着天地间所赐予的一杯灵露。

第二天，曙色半明，母亲早早把脸盆搬回屋内。我不解地问母亲，为什么不让它晒晒阳光呢？她只是轻轻说了句，晒不得，一晒就坏事了。接下来的几天，母亲都是如法炮制，夜里把脸盆搁到青瓦上承接夜露，清晨又将其搬回屋来。

一周以后，麦酱就露好了。母亲放入姜末、盐花，用力搅拌，最后盛入荷叶坛中密封好，还在坛口点了一些清水。大约又过了一周，麦酱变成了深褐色，这时，便可以盛出来食用了。

母亲平常喜欢舀上一汤勺麦酱，盛入小碗，滴几滴芝麻油，放在饭锅的蒸板上蒸熟。其实，麦酱除了蒸食外，还可以用来当作佐料烧制红烧肉。一碗被苏子大赞过的红烧肉若是搭配一碟香醇的麦酱，那个中滋味，想想都令腹中的馋虫大动哪。

父亲生前也爱食麦酱，他最喜欢喝晨粥时舀上一大勺。最后的一个秋天，父亲还念念不忘当年母亲在家乡熬制的麦酱。母亲红着眼，乞求家乡的亲戚为父亲送一点麦酱来。年逾七旬的大姑蹒跚着步履，赶到郑店，怀里抱着半坛父亲心心念念的麦酱。

我想，父亲临走时应该感觉到了一丝幸福，因为那天清晨的米粥，配了一碟香香酽酽的家乡的麦酱。

七、陀螺粑

大多数坊城人并不知晓这种吃食，在南八乡少数村湾才能见到。

陀螺粑是用糯米粉团成的陀螺状粑粑，有白糖馅、绿豆馅、红枣馅、胡萝卜粉丝馅。口感糍糯，鲜香绵柔，很受老人和孩子的青睐。

糯米浸泡一夜，带水磨成米浆。沉淀一段时间后，倒掉上层的清水，剩下底层沉淀的米浆。再用纱布包袱装满草木灰，压在米浆上吸附多余的水分。第二天将米浆搅拌成块，摊在簸箕上晒干，碾碎成粉末。

做陀螺粑也很有意思。将少许清水倒入糯米粉中搅拌，揉捏成面团。左手握虚拳，将小面团团成陀螺状，包馅，封口，搁在蒸笼中，开水武火蒸二十来分钟。当糯米的清甜、馅料的醇香，在徐徐上升的蒸汽中弥漫开来，甜丝丝、白嫩嫩的陀螺粑就蒸熟了。

用竹箸夹取一个陀螺粑来，微香扑鼻，入口有如丝绸般细腻润滑。细细咀嚼，丝丝甜味沁入心田。我的伯母特别爱食陀螺粑。在我刚记事的时候，伯母已满口无牙，常年只是用舌唇抿食食物。而她偏偏不太爱喝汤，只是偏爱甜食和糯米食。

想起当年读《红楼梦》第二十二回，贾母因

问宝钗爱听何戏，爱吃何物。宝钗深知贾母年老之人，喜热闹戏文，爱吃甜烂之物，便总依贾母素喜者说了一遍，贾母更加喜欢。想来老人大多脾胃虚弱，而脾虚的人都爱吃甜食。糯米软烂，配上一点白糖，口感会更佳；且糯米性温，味甘，富含蛋白质、糖类、多种矿物质，可以健胃补脾，恢复体能，很适合老年人食用。

如今，家乡人用糯米做成了各色传统美食：糯米鸡、欢喜坨、粽子、糍粑、年糕、烧麦，不一而足。当味蕾受到崭新的挑逗时，我却每每沉浸在家乡的陀螺粑的丝丝甜蜜中。

八、炒糯米坨

炒元宵俗称炒糯米坨。取来小半盆糯米粉，掺少许温开水，调匀，揉成面团；再揉捏成一个个乒乓球大小的面坨，圆溜溜的，一粒粒搁在面案上。

炒糯米坨也很有讲究。需热锅冷油，烧至油温，放入面坨，用文火不停翻炒。如果火大了，外皮容易炒焦，而坨心还未熟透。

当白白净净的面坨一遇到金黄的菜籽油，立马就换了一身新衣衫。手里的锅铲一刻不停，一粒粒面坨在铁锅里欢快地上下跳

跃。待到每一粒都全身焦黄，微微发胖，坨心便完全熟透了。再舀来两汤勺红糖，在瓷碗里用清水搅匀，再将红糖水均匀地淋洒在锅里，继续翻炒片刻，便可以出锅装盘了。

但见甜津津的红糖水已然渗入糯米坨的每一寸肌肤，黏黏稠稠，软软糯糯，尝一个，甘甜香软。所谓甘之如饴，应该就是这种滋味吧！

我最喜甜食，往往糯米坨还未端上桌，我已偷偷食去小半碗。有一回因太过性急，热乎乎的糯米坨粘在咽喉，上下不得，使我难受得眼泪直淌，以至于成为姐姐半生的笑谈。

糯米坨虽然好吃，可终究"甜言夺志，甜食毁牙"。我从小就落下了几颗虫牙，早早就被医生给拔了去。如今回想起来，年纪轻轻就落了个身体残缺，真是人生一件憾事。

扬子江糕饼里的流金岁月

✾ 夏楠

　　茶饼嚼时香透齿，麻烘糕、老月饼、龙须酥、荆楚汉饼……每每夸起扬子江传统美食，老武汉人瞬间就能唤醒舌尖上的记忆。记忆中最初的美味，就像舞动在舌尖的精灵，馨香萦绕齿间，永远挥之不去。

　　这横贯时光的招牌糕点，大众、亲民、暖心。追寻本真，感念深情，循着糕点的醇香，穿越历史的齿轮溯源，让我们在重温记忆美味的同时，一起来聆听历代扬子江人的励志奋斗故事。

风雨萌芽

　　楚人"甘衣好食"，久负盛名。荆楚糕饼风味独特、品种繁多，制作技艺古法原香，源远流长。武汉人梅成宗指上传承，继承古法，开启了扬子江非遗糕点的萌芽发展之路，让扬子江糕点从无到有，从弱到强，一步步随着时光的齿轮，在岁月的长河中刻下深深的印迹。

梅成宗命运多舛，他三岁时，父母双亡。长兄如父，在那个军阀混战、战火纷飞的乱世，两个兄长梅昌云、梅昌华把年幼的他拉扯成人。1938年10月，日寇占领武汉，黑暗笼罩着整个江城。青年梅成宗被胁迫去帮日本人做饭，在那里，他饱受日本鬼子的奴役和欺凌。日寇赶跑后，梅成宗每天风雨无阻，走街串巷，肩挑叫卖，以炸臭豆腐干子为生，辛辛苦苦，微薄的收入也只能勉强维持一家人的生计。

那时龟山南麓下的莲花湖畔，土地肥沃，碧草萋萋，很多养牛户聚集湖畔，喂牛挤奶，生活较为安定。天天在此叫卖的梅成宗羡慕不已，稍有积蓄，他便买了一头奶牛，也做起牛奶生意。没几年，勤快能干的他就喂养了十几头，成了莲花湖的养牛大户。

奶牛多，鲜奶量就大。旧社会，鲜牛奶属高档饮品，能喝得起的人家并不多，牛奶时常卖不完。看着白花花的鲜牛奶，头脑灵活的梅成宗就想：何不用牛奶作配料，做一些传统食品呢？这样牛奶也不愁卖，普通百姓也能吃得起了啊！

生意再小，也要诚信为本，这是生意人最基本的准则，梅成宗深知这个道理。吃就要让食客们吃得放心、吃得舒服！他选用轧制提炼的花生油、上好的面粉、蜂蜜、糖浆和料，再加入脆酥，搓成双色麻花。酥、泡、甜、脆的麻花夹杂着一股浓浓的奶香味，一上市，就迎来食客们满口称赞。

双色麻花开启了梅家奶制品糕点的大门，迎来了开门红。梅成宗又相继开发了奶油蛋糕、奶酥面点等荆楚传统特色食品。几年以后，物美价廉的梅家糕点家喻户晓，红遍武汉三镇。

1949年以后，梅成宗的生意越做越好。1956年公私合营，以梅家为首的五十多家养牛户接受社会主义改造，合并组成为武汉国营畜牧场。后因武汉长江大桥的兴建，畜牧场又拆迁到武昌晒湖堤，更名为扬子江牛奶公司。至此，梅家糕点终于有了"扬子江"的新招牌。

薪火相传

梅红运是梅成宗最小的孩子，他出生于1966年，受父亲梅成宗的影响，梅红运从小就对糕点制作非常感兴趣。1984年，他顶职进入武汉扬子江牛奶公司，却没有如己所愿去公司下属的食品厂制作糕点，反而留在牛奶车间从事清洗奶瓶的打杂工作。那时，父亲刚退休、母亲没有工作，哥哥还在农村未返城，姐姐也正在备考大学，养家的重担落在这个十八岁的青年肩上。

因经营不善，扬子江食品厂长期处于亏损状态，改革开放后，先后有几个人承包经营，但均以失败告终。初生牛犊不怕虎，年轻的梅红运不顾家人强烈反对，和公司签订了承包协议，开始在食品加工单项上小试牛刀。那段时间，他带着工友们改良产品，完善管理，让工友们获得红利的同时，也得到了大家的信任。1993年，正当他踌躇满志，准备撸起袖子一展抱负时，"扬子江"因整体经济效益不好而实行全面改制。梅红运和工友们因改制买断而失业。

端在手里的"铁饭碗"没了，前面的路还很长，何去何从？

最初，对前途，梅红运有些许迷茫。那几天，他经常一个人独坐江边思索。江水渺渺，汽笛声声，翻涌的江涛，一浪一浪拍打着堤岸。

潮湿的风吹拂在脸上，梅红运想到了父亲，想到了工友。父亲创业的艰难执着，工友眼里的信任期盼，还有武汉三镇的街坊们对"扬子江"的喜爱，这都是支撑他扛起大旗的坚实力量。

"扬子江"这块响亮的老招牌不仅凝聚着几代扬子江人的心血，还饱含着所有工友们的希望。梅红运暗下决心，再苦再难也要守住这块金字招牌，还要把它擦得亮亮的，举得高高的！

路，已经选定，他站起身来，拍拍身上的尘土，朝着前方坚定走去。

梅红运先做通家人的工作，然后挨家挨户去说服下岗的工友。

他先找到同事曹巧枝大姐，曹大姐和梅红运同住一个院子多年，对他非常了解。当梅红运把自己的思路一一和她沟通以后，她坚定地说道："在我们这帮人中，你年纪最小却最有闯劲，工作能干又能吃苦，不信你，还能信谁？跟着你一起干，我放心！"

一个、两个、三个，几天下来，十几个工友都被梅红运说动。

众人拾柴火焰高，梅红运把大家伙买断工龄的一百多万元筹集在一起，创办了武汉扬子江乳业食品有限公司，专业从事荆楚传统特色食品的开发研制生产销售。

银鞍照白马，飒沓如流星。扬子江食品的薪火得以延续，领头雁梅红运扛起大旗，勇开新局，带着扬子江人，迈开大步伐，踏上新征程。

发扬光大

如何打开销路，让企业生存下去？如何做出最正宗的传统食品，再次擦亮扬子江这块老招牌？这些问题时刻困扰在脑海，梅红运苦苦思索。

俗语说："家有一老，如有一宝！"梅红运遍访全国糕饼界精英，最后把目光定格在老一辈糕点名师上。

炉火已烧旺，只待掌勺人。第一个进入他视野的是年逾古稀的糕饼大师李良庆。李良庆出生糕饼世家，从祖父那辈起，家里就开始经营糕点坊。提起他家福源祥的姜糖、花嵌糖、寸金糖等，老武汉人是口舌生津，不吝赞美之词。

刘备三顾茅庐请诸葛亮传为佳话，梅红运请李良庆师傅出山却是足足六顾。有了李良庆大师坐镇，"扬子江"产品开发团队迅速成立。

李良庆带着徒弟们一遍遍创新改良，以前的大法饼是面粉、食糖加米酒发酵而成，他在原来的基础上，加了牛奶、蜂蜜，大大提高了它的营养成分，同时，他把之前的大法饼改为小圆饼。改良后的大法饼越嚼越有味，特别适合老人和孩子。很快，这小巧香甜的休闲零食成了食客们抢手的"香饽饽"。每天，彭刘杨路上的小卖店里，顾客络绎不绝。

顾客太多，彭刘杨小店已张罗不开，头脑灵活的梅红运开始瞄上了武汉三镇大街小巷的各个副食店、车站码头的小卖部，还有中南商都、黄鹤楼大厦等百货公司。每天一大早，他就骑着自行车忙着往武汉三镇去送货。这个毫不起眼的"小法饼"每天销量达三吨多，它就像一颗释放在武汉传统糕饼天空的小"卫星"，让沉寂已久的扬子江糕点又回到了大众视线。

大法饼改良的成功，鼓舞了扬子江人的士气。李良庆师傅又乘势而上，改良传统食品——京果。他做的京果酥香爽口，两指轻轻一捏就碎，这种老京果唤起人们对本真生活的向往。

去江夏
那边

　　一门手艺的生命力，正是对传统的继承和升华。为研发更多适合百姓口味的新食品，梅红运还聘请了拉糖"皇后"王玉容等高级名师加盟指导，并招收一批大学生做技术助手，组建了一支技术攻关队伍。

　　拉糖"皇后"王玉容也是大武汉糕饼江湖的顶尖人物，她的嵌花糖技艺堪称一绝。小小的糖果中栩栩如生地镶嵌着花草虫鱼或各种祝福的词语。当初，武汉某食品厂为了调入王玉容，曾用四个师傅换她一人，梅红运请她出山，也着实费了很大工夫。在王玉容的亲授下，精选柳条糯米和大麦芽熬制的麦芽糖浆，历经泡、蒸、晾、炒，时间在嘀嗒的声响里流走，美味却静静酝酿，"扬子江"老杂糖终于新鲜出炉了。很快，"扬子江"品牌的港饼、麻糖、麻果、桃片糕、云片糕、步步糕、荆楚汉饼以及三大节日各类优质产品相继问世，并推出了具有湖北特色的精装"武昌鱼"等食品，这些食品都受到广大消费者的青睐。

　　觅得商机，打开了市场，扬子江食品逐渐走上了规模化生产的道路。

诚信是金

在扬子江，有一个特殊规定，原料供货商进厂前必须做出质量承诺。为进一步从源头上把好质量关，梅红运向大米、面粉、奶油、食用油、馅芯等主要原料供货商派出质检专员，专职把控原材料质量。他自己也经常到出产地选购地道优质原料。每年五月端午粽子生产前，为选采到优质的粽叶、糯米、大枣，梅红运带领着他的团队上河南、赴陕西、去东北、到安徽，足迹踏遍六省，行程将近万里。一路上喝稀粥，啃馒头，睡窑洞，跋山涉水，风尘仆仆。

他对内部管理也非常严格，每个环节、每道工序都有记录和把关。如月饼生产的基础表格就有十一套，每个环节的要求十分细致明确。粽子的出品要经过六道工序检测，包装完成后得存放六天，无漏气才能上市。

诚信是企业生命得以长青的甘露，梅红运在企业里提出了"吃品质，享健康，就选扬子江""扬子江老字号，吃出家乡味道"等口号，严把"取材纯正，技艺传统"两道大关。在扬子江人的坚守下，"扬子江"食品先后被评为"中国名饼""金牌糕点""湖北省信得过品牌"和全省"消费者满意商品"等。

非遗情怀

食品经营，渠道为王。要让"扬子江"食品走进千家万户，最有效的办法是开拓出更多新的销售渠道。1998年，全市第一家中百仓储连锁超市购物广场开业。梅红运捷足先登，率先将"扬子江食品"打入进去。现在，"扬子江"产品的销售网络已扩展到中百、中商、武商、沃尔玛、麦德龙等三百余家大型超市，实现了超市领域全覆盖。

立足湖北、辐射全国、走向世界，是梅红运的奋斗目标。每一个销售渠道，他都勇于探索和尝试。他亲自率团参加全国各类食品展会，大力推销公司产品；发展代理商、经销商五十多个，通过二手环节销售公司产品；开发电子销售网络渠道，组织专人负责销售。"扬子江"食品受到了消费者一致好评，品牌的影响力在全国唱响。

随着市场经济日益繁荣，扬子江乳业食品公司不断发展壮大，企业早已从彭刘杨路搬到梅家山，历时五年后又搬到了占地十几亩的栅栏口88号扬子江工业园。新式烘焙机等先进设备和生产流水作业线逐年添置，生产规模和产品及数量不断增加，公司一跃发展成为现代化规模新型企业。

百年工艺，情与心不变。带油皮的牛奶、煮开的奶糕、泡在茶杯中的京果，承载着几代人的乡愁味道。"扬子江"食品不仅是首批湖北老字号，"扬子江传统糕点制作技艺"也被列为湖北省、武汉市两级非物质文化遗产代表性项目。身为扬子江第二代非遗传人，梅红运深耕行业多年，他深刻认识到，要擦亮老字号这块招牌，传统产业适应未来发展，不仅要谨守中华古法，更要做好弘扬和传承。

悠悠茶香茗泉谷

✤ 郑新芳

在茗泉谷看见了久违的牛。

我的目光一直追踪着，离我越来越远的牛的背影和老人家的身影。一个丰富多彩的季节就要迎面而来，这单色调的绿色正在酝酿一幅长的画卷，红的花、黄的花点缀其中，整体布局到留白，从何处着墨？要等到三月。

好期待这个春天。

守护这片茶园牛耕地的主人是这里土生土长的高级农技师田良斌，他这里的技术指导由华中农业大学的果树专家和江夏果茶专家担纲，他自己也拿到了"高技农技师证"。华中农业大学教授们经常来他这里进行技术指导，而且有些优良品种也由他们推荐和引进，并免费提供给他试种，如园中种植的猕猴桃优良品种就是由华中农业大学提供的，所以"田家院子"的水果吃起来格外不同，香甜可口，叫人念念不忘。每年9月开始，"田家院子"果园就开始热闹起来了，采摘活动拉开序幕，水果品种多种多样。果园、茶园的管理是全方位的，从施肥到防虫害，都从生态环保各个方面考量，如何保证自然生态种植，田良斌花了很大力气和精力让果品既好看味美又天然无公害。

一边走一边聊，我发现一棵棵柑橘树和橙子树挂着一个个黄色的球，问这个好看的"灯笼"是干什么用的？田良斌告诉我，它叫"诱蝇球"，为了我们吃上不打农药的水果，他们一棵树上挂一个，8月左右挂上去的，将近3000多棵果树，你们来数数。任何花香满园、硕果累累都是有人付出了辛勤的劳动，感恩一切！

这还是二月，茗泉谷的油菜花有几棵忍不住要出风头先开了，高处没开花的一大节，稀稀落落的，每一棵油菜花的身段、线条都展示得淋漓尽致，黄色的花朵星星点点地点缀在一大片油菜地里，自自然然地。

要想看茶园就沿台阶登上"茗思亭"放眼望去，千亩茶园都在自己麾下，可呼风唤雨，可抚琴高歌，可吟诗作画，可谈情说爱互诉衷肠……

三月又来茗泉谷，这里除了整齐的茶树，偶尔会冒出这么一块油菜花地，让你眼前一亮，有色彩的春天格外迷人。

跑进油菜花地里合影，红色衣妆绿色衣妆，比比美，看花美还是人美！趁"采茶节"还没来临，暂且让这些黄色的花仙子们出尽风头。

这样的春天让人沉醉，如酒后微醺。

我们还在龙壹茶社的门口看花，春天原来在这里！除了淡雅粉红的桃花，这开得灿烂夺目的白里透红的玉兰花，摄走了我们的灵魂，满树满树的红高高地在那里肆意乍现，不管不顾的，我们的到来、喧闹嬉笑声是否惊扰了它们？白的那棵玉兰花更是开得淡定，一朵朵由枝丫随意优雅地伸展出来，像开在女人柔美的手臂上，白色的花瓣自然张开露出淡红花萼及绿色的花蕊，有人说多像一朵朵假花呀！

自然界就是这么神奇，它想造假时真亦假，它想造真时假亦真，白玉兰花的美是大方、端庄、娴雅。几年前我去上海"古猗园"见到了白玉兰花，它开在黛瓦白墙的园内却有意无意地伸出墙外，让游人惊艳，听说它是上海

去江夏
那边

市的市花。那这里的白玉兰呢？开在这茶谷，开在这山野，开在这池塘边，开在这制茶车间附近，开在品茗弹琴檀香袅袅的"禅茶一味"茶室周围，也算庆幸！

我们更是庆幸，在这美好和煦的春光里，鲜花为我们绽放，青草为我们披绿，丛丛茶垄静若处子蓄势待发，沉淀再沉淀，待你去品味。

平时在高楼雅座或在小街一隅品茶，也可趁着这春意盎然油菜花开的时节出门走走，潇洒背起一小布包"吃茶去"不必问从谂禅师，如果他还健在，他一定还是那句话回答你"吃茶去"，这一句机锋语，看似简单随意，却深含禅意，意味深长。

好吧！我们喝茶去，龙壹茶社及制作车间就在那里，还可以请教茶艺师学制茶：采茶、摊青、萎凋、烘干、揉捻……工序繁多。

"吃茶去。"隐隐约约听到赵州从谂禅师的声音悠悠传来。

"临湖门外是侬家，郎若闲时来吃茶。黄土筑墙茅盖屋，门前一树紫荆花。"

此地说的是江夏吗？当我坐在龙壹茶社20世纪60年代建筑风格的红砖老屋喝茶，屋旁也有池塘垂柳芭蕉树，门前也是繁花似锦，红艳艳的玉兰花和冰心玉洁的白玉兰及黄灿灿的油菜花争奇斗艳。

去江夏
那边

没有一树紫荆花，来吃茶不？

与"江夏红"创始人但雁一边喝茶一边聊当初创业的艰辛，武汉龙壹茶叶公司成立于2012年，公司集茶叶种植、生产、加工、研发、销售、文化推广于一体，是目前武汉市唯一连续七年达到欧盟有机茶认证标准的企业。2016年，旗下品牌"江夏红"作为唯一的汉茶代表，走进了世界茶博会。龙壹茶叶公司共开垦荒山种植茶园近千亩，为了保留稀有的本土鄂茶籽播群体种，还原旧时光的味道，龙壹茶社邀请华中农业大学与武夷山茶学院合力研发新品茶，针对本地茶叶特性，研发出独具江夏风韵的新品红茶——"江夏红"，填补了武汉地区没有本土红茶的历史空白。同时，"龙壹绿茶"在传统工艺上也屡获国内大奖；"龙壹有机黑茶"致力打造中国纯净黑茶品牌，打破人们对传统黑茶"脏"的认知，将湖北青砖茶发扬光大。龙壹茶社将成为武汉市周边传播茶文化的基地，解锁千年茶密码，以茶传道，以茶会友。

第二次去龙壹茶社偶遇评茶师王建先生，他跟我们聊茶知识，他新设计的有机绿茶包装，主题"绿水青山"，附上一副对联"品茗闻香远，听泉入韵长"，设计精美，意义深远，韵味无穷。

在茗泉谷龙壹茶社喝茶不觉天已黄昏，茗泉谷的停车场就在知辛农场门口，它所在位置为历史上的长山店老街（与李家铺相连，南北呼应），为江夏"汽车人"程德前创办。程德前以汽车配件制造为主业，带着资本回乡创办了乐丰园，发展乡村旅游，带动老家乡民就业和创业。知辛农场总占地面积近600亩，集研学教育、拓展训练、康养休闲于一体，已完成建筑总面积约3800平方米，具备容纳200~300人的会议室和多功能室，拥有大型厨房制作间，开发有"江夏宴"，园区拥有室内羽毛球、乒乓球等场馆，是湖北省和武汉市相关体校的对口训练基地。知辛农场是2020年武汉市庆祝中国农民丰收节的主会场，拥有万余平方米的场馆、数万平方米的草地和武汉市唯一的宠物旅馆乐园（拥有百万抖音粉丝），是市民周末休闲的绝佳场所。知辛农场正进一步完善设施和功能，建成武汉南部体验春耕、夏耘、秋收、冬藏，传播农耕文明的乡村乐园。

在返回的途中拐进李家铺，李家铺拥有千年传奇历史，浪漫文化风韵，自古就是名门望族、文人骚客向往的福地。据考证，江夏郡历经两汉隋唐，统管湖北东部和河南南部。唐朝以后，江夏李氏成为名门望族，李家铺更是成为李唐皇族后裔的迁居地。

盛唐时期，江夏以造纸闻名于世，纸甲三楚，"纸坊"由此而来。精明的李家铺人学来造纸术，采鲁湖芦苇造纸，建起连片作坊和商铺，逐渐形成古街集市。李家铺车水马龙，商贾云集，李家铺人也将生意做到了全国各地。

今日李家铺为原址上重建的美丽乡村。2006年，乡贤代表李治龙带着十几年诚信苦干积累的资本回乡创业，投资6000多万元，打造了现在的李庄和李家铺，以徽派建筑和江南园林为主题风格，将建筑、园林与休闲功能结合，发展乡村休闲旅游产业，常年吸纳百名村民在庄园就业，提供"家门口的工作"。同时，发展规模种植，通过农旅提高附加值，真正意义上带动村民共同致富。随着景区的建设，这里将以"武汉民宿体验地"，再现昔日李家铺的辉煌，为游客提供"千年邂逅之旅"，体验李氏主题民宿之美。

与李家铺第二代管理者王露聊天，说起有个人写了一篇"游李家铺"，还不错，我说是我写的，大家都开心地笑了。

泥土沉淀的诗行
——记老屋穆湾

✽ 周天国

在江夏区五里界街的梁子湖畔流传着一个传奇人物——穆老虎。

相传此人身高五丈,臂长背圆,善使一对青铜大锤和一支寻常的烟杆,由此可推测其武术功夫,既有大开大阖的勇猛,又有顺手拈来的灵巧腾挪。在明清时期,梁子湖畔野荒林茂,常有虎豹出没伤人畜,在一次围猎中,穆老虎徒手生擒猛虎一只,并将其坐骑回家饲养之,此由人送美名——穆老虎!

驱车行驶在四车道的宽阔的梁湖大道,花博园过后不到五分钟的车程,你会在向东的一方,于树林苍翠间看见一座气势轩昂,高十多米的灰砖黑瓦造型徽派的门楼,中间镶嵌着三个鎏金大字——老屋穆!其左右也有同样鎏金的对联一副,"自强不息与时俱进无布衣,上善若水厚得载物有贤才",朴素的民间希冀和文化传承在红灯笼的衬托下,喜庆之中不失庄重与灵动;穿过门楼,在其反背同样有四个鎏金字——和穆家风!对联一副"洪武迁徙五里三甲虎丘地,戊戌立楼六合八泰龙云天",这副对联交代了穆氏家族的来处以及此地的生息繁衍。

进入门楼，迎面而至一座徽派小楼，门的两侧挂着一些铭牌，如"五里界新的社会阶层人士之家"等，更多的是与艺术相关的工作室和创作基地，有书法、雕塑、绘画等，这是何等人文会聚之地呢！

沿着刷黑的柏油村路南下东行，灰砖黑瓦的村舍掩在青翠间，户户门前白色的铁质栏栅，其间居然有若干诗歌展示牌，上面的作者有从江夏走出的作家刘益善老师和王新民老师，和植耕江夏本土的一些诗人，但到后面你走完全湾后你还会发现一些惊喜的名字，张执浩、朱零、田禾……所选诗作，基本上以乡村为题材；这些展示牌，其间还有摄影、书法、绘画等作品，它们散落在村路旁，像一颗颗夜空的星，让老屋穆这个村湾有文曲星的明亮。还有一户人家向西的山墙，上面绘就了一幅乡村的春色图，色调以绿色为主，间缀金色的油菜花块，不经意间，用画与周遭的原野对比，让你觉得这画就是对老屋穆写实的文本，让你想到画中找到自己所站临之地，是在一簇金灿灿的花朵旁。

泥土沉淀的诗行

　　村路曲蜿，突然你会在一处空地看见一堆码放整齐的青砖，砖体上长满青苔，想来放在此处已无法探知它存放的时长；这砖不同于常规，仅仅有三分厚薄，寻问它们的主人——八十六岁的穆起财老人得知，这堆砖已有百余年历史，握之依旧沉重全无现代灰质砖的轻薄，击之有清脆之音，犹如一粒石子投入深井传来的回音，幽然深远。在砖旁还横亘着两根有卯榫构造的废弃的粗木，据老人介绍，其为老房屋梁，下面还有雕花内容，可惜因其沉重无法窥视其容。

　　老人是热情的，邀客在他屋前小歇；老人先前在外工作，退休后回到老屋穆颐养天年，和老伴儿在田边地角开些荒种些日常菜蔬。他是健谈的，对村湾的历史典故了如指掌。

去江夏
那边

　　老人还会和你谈及穆氏族人自明代洪武年间由江西瓦屑坝迁徙至此，历经十多代人的辛勤耕作才繁衍出这座美丽的村湾；老屋穆人不仅仅有辛劳，也是富有智慧的。在1964年，老屋穆人率先争取到村湾的通电，先后办起农副产品加工厂，在那个统一调配的年代，所有获利由上级部门统统用于相邻村湾排灌水利建设。正因如此，在这个不足百户的村落，先后养育3个博士，本科、大专生40余人。这里容易让我们感叹，其实更应该让我们深思。

　　告别老人，向东渐行；左手边是灰砖红廊柱的村舍，在每一户人家的对面都有白色栏栅围成的菜园，菜蔬都是日常的菜蔬，还有几株正在结着青果的枇杷树和开着一簇簇白色花朵的橘树；乡村的日常是安详的，你可以看到一位老农正在佝偻着腰背磨着镰刀，也可以遇到一个大嫂坐在门前择着刚刚从菜园里采摘的还带着新鲜泥巴的菜蔬。如果你向他们打听湾里还有什么古老的事物，他们一定会向你推介那棵在村东头长了三百余年的大枫树。

这棵树长得并不高，但足够粗壮，是要两人牵手才能环抱的；树皮有些皲裂还斑驳着青苔；也许它长不高，是因为上方的那根电线；它虽然站在路边，其实也不孤独，因为它的身旁还有葱茏的树木把它环绕，这就像一群孩子围着一位老人嬉闹一样，这容易让人想到门楼上高悬的穆氏家训的四个鎏金字——和穆家风！大枫树虽老，却不失俊秀挺拔，宽大的树冠，仿佛是守卫村湾的神。

大枫树是临水而伫的，这塘水里有不少鱼儿在翻起浪花；它是本村一位能人回乡创办集养殖、休闲垂钓的塘堰，一字排开有五口，每一口里分别养殖着不同的鱼种，可供钓友们根据自己的喜好来垂钓。

去江夏
那边

沿池塘向西而上，便可以望到湾子的北边，这里有一座采摘园(也就是原穆家庙所在地)，据园主介绍，采摘园面积300亩！想来到了丰收的时节，果香满园，色彩流溢，定是采摘的人如蝴蝶在其中翻飞。如果你再向北眺望，就会看见穆家桥，一溪流水从它的桥身下奔过，闪着粼光，此时春日的阳光正温暖地洒落在这片土地上！

去江夏
那边

　　一座建筑风格明显属于20世纪的水塔立在那里，仔细辨认塔身上有些模糊的铭文，原来这塔是当时名叫穆登国的村长带领村民修建的，因为先前生活用水都靠村民到塘堰挑取，既不卫生又浪费时力；现在这座水塔也光荣地退休了，因为长江水已穿越百里，干净卫生地让村民拧开水龙头就告别先前的苦涩。老屋穆人一直保存这座水塔，它是一种见证，更是吃水不忘挖井人的感恩。

继续沿柏油村路西行，这样我们围着村子转了一个圈，也是回到当初的门楼这里，其间路过一个雕塑工作室，屋前摆着各种人物雕像，据说完工后将安放在村里的景观和路旁。回到门楼，其北侧是香樟树遮掩的停车场，一座飞檐凉亭在茂林深处隐约着我们的好奇心，沿着夹径的粉色杜鹃花，在亭中有一身着素白女子在品茗，原来这座凉亭连接着一座木质景观屋，里面摆满各类土特产品，有农家豆食、土鸡汤、茶叶等，统统都冠名为"梁湖湾"，据说这个名字早已被注册商标，主要经营农家原生态土特产，在凉亭对面有一家以"梁湖湾"命名的土菜馆，当天主推的菜品有小蒜粑、野韭炒蛋、蒿菜炒肉丝等，由此可见，老屋穆人多么善于利用自身资源的组合！

确实如此，在一本规划手册中，我见到了老屋穆人对未来展望的设计蓝图——以打造现代文化艺术村为基点，构建一个包括成果转换、孵化等功能的文化艺术产业园；这让我想起在诗歌展示牌上默默吟诵过的一首江夏本土诗人陈三平先生的诗——《站在农村的户口簿上写诗》，诗中对农村生活的深刻体验，以及对诗的真挚追求和热爱，何尝又不体现在老屋穆人的热血里呢？

去江夏那边

水流古韵桥不远

✱ 刘桂英

无桥路不通

元朝末年，江西填湖广的大规模移民运动拉开序幕，一批又一批聚族而居的百姓，在元朝官府的强制下，分而化之，远离故土，携家带口去往陌生的他乡。移民迁徙是彻底的，除了人口，所有能带走的财物都会被带走，去新的地方开始新的生活，这些财物显得更为重要。迁徙者不分士农工商，风尘仆仆到达指定的湖广州县，赶紧安家落户，开荒种地，建立新的家园。

拖家带口，粮草物资，走水路是迁徙最稳妥的方式。饶东山一家百十口人，从长江逆流而上到达江夏县，船只经樊口而入梁子湖，沿途观察地形地貌，最后停在湖边一条不宽不窄的长港。饶东山"乃有猷有为之士也，家金巨万，阡陌绵亘数十里"。从江西瓦渣街迁到湖广江夏，深有见识的饶东山在营建新家园时从选址到建造都深谋远虑。长港是梁子湖的一个大湖汊，距离江夏大约六十里，港汊纵横，水路交通便利，周围有高岗山坡，草木生长茂盛，正是有山有水有田有地的好地方。这是一块富饶的土地。房屋建在临水高坡上，子弟们渔樵耕读都使得，还可以经由水路继续做生意。

长港位于交通要道上。来自长沙、岳阳、大冶、咸宁等地客商，鄂州华容、葛店一带的帆船，都汇集到长港一带湖汊，粮食、布匹、茶叶、瓷器以及日常用品等，要么经湖汊进入梁子湖或斧头湖，然后分别进入长江，沿江靠岸销售。要么走陆路，傍水而行，南来北往。走水路虽然较慢，却是船到人到，想走就走。走陆路的，行人与牛马车架无法涉港，到这里只能依靠小划子摆渡，既不便，又危险。饶东山看在眼里，记在心里。大地之上，哪怕只有五尺水沟，也是庶民百姓的天堑。一水之隔，两岸不通，这边的人过不去，那边的人来不了。着手修建住宅的时候，他另外拿出白银300两，请工匠在长港上修一座桥。一桥飞架，不必借助舟船，不必劳烦他人，不论徒步还是肩挑手提，随时都能到对岸去，一桥在水，可谓一劳永逸。

浮山桥　　莲花桥

七百年前，除了官邮驿道，朝廷少有修桥修路之举。至于县乡间里，修桥补路常常是一方缙绅、有钱之士的善行，纯属个人行为，所修路桥的规模和质量都是自行定夺，既取决于个人财力，也取决于这个人眼光的长短和心胸的狭阔。在一切都依靠肩挑手提、刀砍斧斫的年代，即使是在一条湖汊上修桥，那难度也不是今天的人们随便能想象的。架几根横木、铺几块长石，都可以方便行人往来，但这些都不是饶东山想做的，他要修一座巍然屹立于潮水之上，风雨不动如磐石的桥，让人们任何时候行走都不会担心。

水流古韵桥不远

灵港桥

　　那段时间，饶东山有空就站在高坡上看长港，看往来的船只互相争渡，看往来的车马行人抓耳挠腮，想象着有一座桥时长港的样子。造桥的地址选好了，工艺和材料也定下来了，石匠派回江西了，他更喜欢江西的麻石。可是，饶家的住宅快要竣工了，石匠还没有采购回石料，时间过去了三年一千多个日夜。建房是大工程，他必须守在这里，没空回江西去看情况。路途遥远，江上风高浪急，是不是出了意外？或者石匠贪图银钱，卷款逃走了？饶东山不想这样疑心，他派去的人是跟随他多年的老家人，忠诚可靠。可是怎么就杳无音信呢？是好是歹也该来人报个信吧？饶东山决定不等了。一旦动了念头，就感到修桥迫在眉睫。他重新出钱，请人就近在咸宁采购石料。

去江夏
那边

一天,看着即将完成的房屋比江西老宅更加精美华丽,饶东山夫妻俩很是高兴。这时,三年不见的老家人突然出现在眼前:此行采购石材不太顺利,返回时水势太大,石料又重,行船缓慢,耽误了时间。此刻,石料运船就停在梁子湖樊口,因为湖港窄,船大石重,不能开进来。

饶东山喜出望外,赶紧搜罗小船去樊口分运石料,连续忙了几天几夜。元朝至正六年(1346年),石匠开始修桥,到至正九年(1349年),这座石桥终于修成。

七百年前的骄傲

石桥建成后,地方人士见东山公如此慷慨,都说应将此桥命名为饶家桥,铭记饶家大义之举,东山公一笑置之。因石桥位于江夏南面60余里,饶东山说,就叫南桥吧。

南桥为单孔半圆形石拱桥。整座拱桥建于河床岩层之上,全长36.7米,桥面两端宽中间窄,最宽处7.4米,最窄处6.3米,可通行大型车马。桥拱呈半圆形,拱跨10米,桥底距桥高度为10米,属于陡拱一类的古桥。主体建筑材料为红砂石块,凿磨十分规整,采用糯米浆和石灰做黏合材料,局部以大小不等的青色石灰岩嵌入,石块弧度和缝隙非常精确。拱圈为雕凿好的扇面石拼合而成,整体为框式纵联砌置,顶厚80厘米。

南桥为实腹式拱桥,桥拱南北两侧修建外斜约为40°的八字形挡水墙护坡,从底至上为阶梯状逐渐上收,一是对桥腹进行支撑保护,二是便于挡水,减少水流对桥体的冲击。从现场勘测及饶氏宗谱记载来看,桥面没有修建栏板及望柱石。为了减缓桥拱形成的陡坡,桥两端修有较长的引道。东北连接着山坡,引道较短,高度约1.8米;两头地势较低,引道较长,高度约3.4米。南桥修造前后耗时三年,耗资黄金千余两,白银五百两,建造工艺十分先进，造型美观大方。饶东山命石匠将石桥落成时间刻于石桥之上，今天，南桥券顶中部阴刻文字"至正九年己丑春江夏南桥——力鼎建"十五个字仍清晰可见。留下了明确纪年，南桥是湖北古桥之最。

南桥建成之后，成为古驿要道，附近地名多以南桥冠名，长港称为南桥港，田畈称为南桥畈。南桥畈良田一千多亩，俗云"收了南桥畈，十万八千担"。从大冶金牛到咸宁贺胜桥，经山坡到武昌，南桥是必经之路，方圆几十里百姓出行不再难了。

梁子湖美，梁子湖大，梁子湖分出99道汊。沟汊交错，没有桥相通，据说东山公陆续又修了四座桥，即梅花桥、龙坑桥、三眼桥、古驿小桥，规模比南桥小。村里年岁大的老人见过那几座桥，如今，在距离南桥百米处还保留着一座小桥，长约5米，跨度3.5米，面宽4米，同样用红砂石铺砌，状如南桥。

南桥

去江夏那边

沧桑不改三眼桥

　　狮子山边居住的人家姓杨，杨氏先祖当年也是从江西筷子街移民迁出，来到江夏安家落户。杨氏重建家园的命运开端不错，日子也算风调雨顺。没过多久，族中几位壮年男子好端端的，却相继患病死去。老人们感觉事属异常，有人发现，村旁有一座小山，当地人称狮子山，另一处坡地名叫老虎地。有人说，杨姓谐音羊，羊傍狮虎，焉有好下场？合族之人寝食不安。再搬迁吗？大家刚刚安置妥帖，又要搬迁，本身不是好事，可继续这样下去，谁知将来还会发生什么祸事？

　　正在焦灼之际，村里来了一位过路人。路人下了渡船，到村里找吃的。杨家历来忠厚待人，拿出好饭好菜，待之以客。路人吃罢，临走前问道：敢问老伯，家宅可有异样？老人见问，知道遇到高人了，赶紧将家中壮年男子不幸早亡的事详细道出，请求指点。路人笑道：这有何难？只是不知老伯可愿改姓？老人问：此话怎讲？路人道：可改杨姓为王。我乃王者，狮子老虎还敢为害吗？只怕还要助老伯家兴旺发达呢！老人想了一下，忙拱手相谢：果真如此，杨氏祖宗必能宽宥我辈子孙不孝，谢高人指点迷津！路人走后，杨氏合族依计而行，改杨姓为王，此后诸事顺遂，人丁兴旺，这才算落地生根。为了不忘祖先，杨氏子孙居住的地方都带一个杨字，"老屋杨"名字就是这么来的，村里人姓王，却是江西移民江夏的第一代杨氏后裔。

　　杨氏渔樵耕读，勤俭传家，几代下来，已是家业殷实，富甲一方。族中建起了祠堂、家馆，凡是杨氏蒙童都可入家馆读书，子贤孙孝，家族越发繁盛。门前多水，又是交通要道，杨氏就在最大的港汊上架起一座木桥，供行人客商通过。木桥建成双孔桥，不但结实耐用，而且非常漂亮，从上游港汊流下来的滔滔白水从桥下翻涌而过。有了桥，就有了码头，渐渐形成集市，村里热闹非常，老屋杨家深宅大院，气象庄严。

年深月久，历经水流冲刷和风雨剥蚀，木桥一点一点地被腐蚀毁坏，桥柱朽烂，桥板大疮小孔，车马经过时岌岌可危，人行桥上心惊胆战。为保安全，也是长久计，王（杨）姓族人提议，由附近村民共同捐资，将木板桥改建成石拱桥。后经核算，重新修造石桥所需银钱太多，工程繁重，村民大多不愿参与。

一个叫王金川的翰林说，现存木桥本是我王家所修，我们怎能不继前人之志？我王氏家族愿意独修此桥。王氏汉卿公原是普通农民，种田为业，也没读过诗书，这时也愤然而起，表示愿意出钱修桥。族中众人齐声响应。凡是王氏子孙，不论多少，有钱的出钱，有力的出力。王翰林所出银钱最多，节芝公和汉卿公稍次，其他各家依据自身财力，纷纷捐资。

三眼桥

三眼桥

　　节芝公是远近闻名的郎中，为人治病，救了不少人性命，遇到贫病者就送医送药，分文不收，颇受人敬重。节芝公做人厚道，不喜奢靡，治家有礼法，又乐善好施，济危扶困，众人都推他负责修桥。有了钱，有了主事者，修桥一事很快付诸行动。由于湖汊太宽，必须建成三眼石拱桥才能取代原来的木桥，技术难度大，耗费银钱更多。开工后，因水流急速，工程进度慢。经过几番周折，到第二年涨水前，三眼桥终于修成，桥两端还用青条石铺路，人们出行又畅通无阻了，每天车水马龙、川流不息。

　　狮子山三眼桥距今有近两百年历史，是江夏唯一一座三眼石拱桥，桥全长36米，桥面宽5.2米；桥中孔跨度4.3米，拱顶距水面2.8米；两边侧孔跨度3.2米，拱桥距水面2.5米。桥面为拱形，拱洞呈半圆形，中间大，两侧略小，遥遥看去，如三轮明月倒卧水中。桥侧面墙体采用一顺一丁错缝交替砌筑，东西两端侧面各建有"八"字形的挡水墙，桥墩两边各建有挡水墙柱，可以分水进孔，减缓水流对桥墩的直接冲击，保护和稳固桥墩。三眼桥全用青条石砌建，其间夹有少量红砂石。桥两端各有一对护桥石狮，坐镇桥头，保护石桥。

俱往矣，数多少古桥

传说明朝的熊廷弼赶考路上与摆渡老人打赌，中举后一定回家乡修桥，让人们不再依靠渡船。熊廷弼中进士后，果然回乡在汤逊湖的湖汊上修了一座很大的石桥，今天的大桥新区过去叫大桥乡，这个名字就是因桥而得。传说在明朝江夏的一个人高中状元后，为了感谢乡人送他赴京赶考的一片深情，回乡修了一座石桥，既坚固雄伟，又端庄美观，人称状元桥，至今保存完好。位于黄质上屋的狮子桥所处地形独特，河港两边巨石互生，仿佛就要合拢，另有一块巨石形同猛狮蹲坐，黄家人依此地形修建了一座石桥，取名狮子桥。位于五里界大屋陈星火村的彭家桥，当年为了修桥，彭姓与田姓两家还打了一场官司，因为桥址另一端是田姓田产，田家将彭家告到了官府，最后，彭家承诺承担全部修桥所需费用，桥才得以修成……

今天，江夏发现的古桥多达七十多座，其中保存完好的也有四十座左右。据统计，武汉市现存古桥中江夏最多，占了七成。打开一座桥的昨天，就打开了一个家族的奋斗史，打开了一个村湾的历史。众多古桥并在一起，就构成了一方水土的前世今生。

江夏古桥多建于明清时期，以清代居多，建于元末的目前只发现南桥。有的是新建石桥，更多是在原有木桥的基础上改建成石桥，而木桥的历史比石桥久远得多。桥的修建者就如饶东山一样，大多是江西填湖广的移民。这些古桥大多是单孔小桥，建在人们日常通行的水港湖汊上；极少为双孔桥，如青莲庵平梁桥，位于玉盆湖水港上；三孔桥只有一座，就是狮子山三眼桥。

土地堂老街桥

水流古韵桥不远

彭家桥

　　江夏古桥不大，也不奇险，却正是"小桥流水人家"的现实境界。闭上眼睛，脑中就出现一幅水天无垠的画面，就在这水天一色中，一座座小桥安静地卧着，时而一个孩童牵牛而过，时而一叶小舟慢慢拢岸，或又一辆驿车吱呀而来，或又几个远途行人谈笑走近……正是"山重水复疑无路，柳暗花明又一'桥'"。祖祖辈辈依水而居的人们日出而作，日入而息，往来桥上，平安度日，平静生活。

青年庵桥

袜铺湾：从清朝缓缓走来的博物馆

* 余杨

初见小村，一眼万年

我们一行人顺着曲径通幽的小路，驱车来到江夏区郑店街联合村袜铺湾，一切恍如隔世，仿佛走进了陶渊明笔下的桃花源世界，一方秘境突然撞入眼帘。这个被称为文化创意型美丽乡村建设的典型村，离江夏纸坊只有19千米，差不多半小时车程，是一个只有62户、180人的小村落。在鲁湖湖畔，这座名副其实的江南水乡，只见绿岛蜿蜒伸展，沿湖满眼新绿。我们信步走在村湾里，一阵微风拂过，隐约传来阵阵芳香，便明了，这就是心之所向。青山，白云，蓝天随行，青色、绿色、蓝色相伴，满眼望去，一片葱茏。

夯土墙的老屋，错落有致地矗立着，它们早已不再是当年的老旧模样了。

幢幢房屋古色古香，庭院深深，围城外的一方净土，一步一景，景景不同，让人不禁一眼万年。

山风温柔地吹过幽静的小道，春色在白墙黛瓦的古朴中，一片片苏醒。

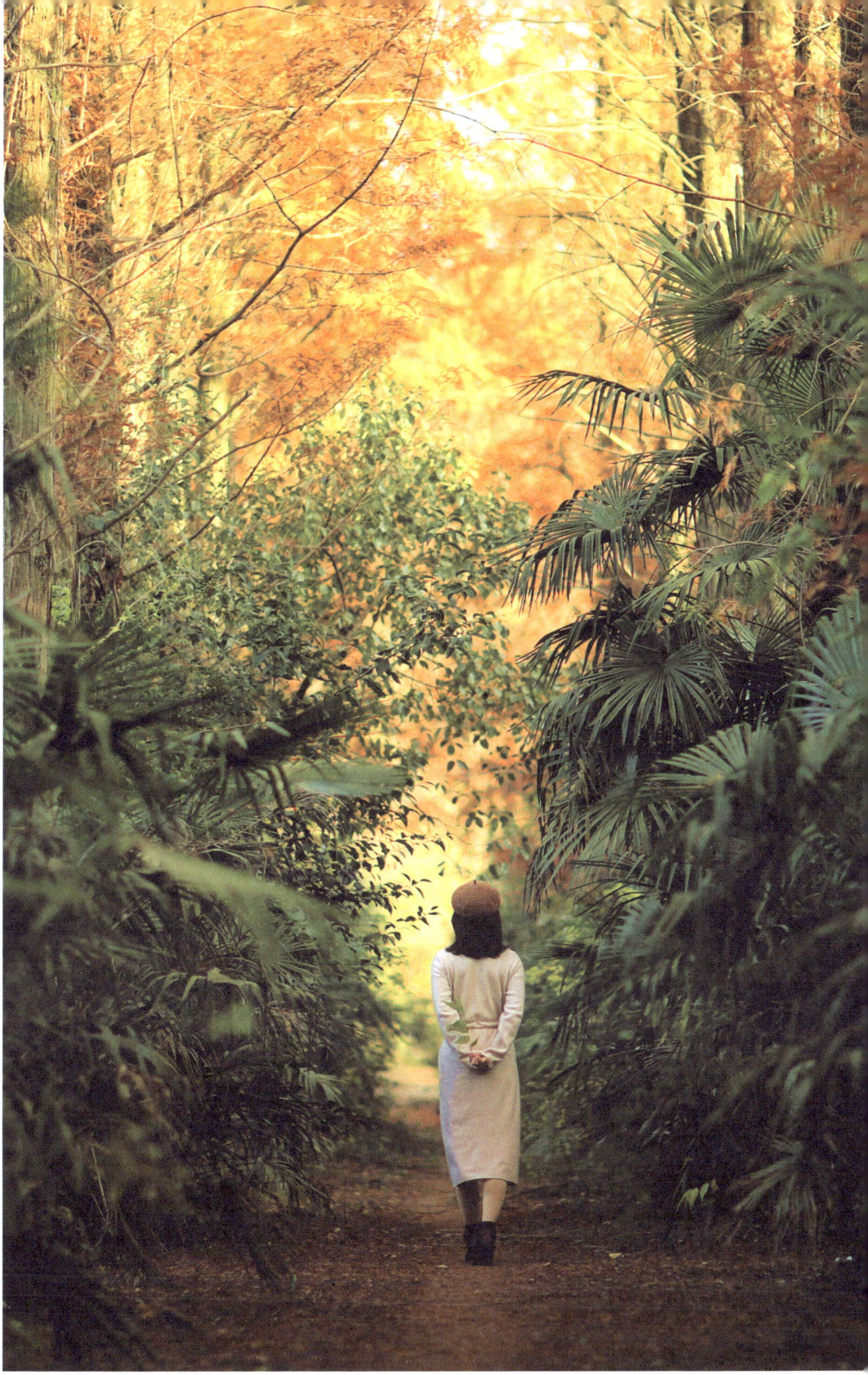

从清朝缓缓走来的博物馆

顺着道路慢走，我发现了一个金丝楠木博物馆，陈列面积有1500平方米。令人心向往之的是，这是中南五省唯一一家以"金丝楠木"为主题的大型博物馆。

有人说，"纵有珠宝一箱，不如乌木一方"。

世人皆赞金丝楠木名贵。其名，在四大名木楠、樟、梓、椆中，楠木被冠以其首，又以金丝楠木排列楠木榜首。其贵，剖开木材，淡雅幽香，纹理直而结构细密，刨光后，有金丝浮现，不易变形和开裂，且成材不易，是一种珍贵的优质软木，在古代用于制作宫廷家具。

楠之至美者，木纹有金丝。在博物馆前，陈列着一棵从四川雅安收购的直径约80厘米、长10米的金丝楠阴沉木，格外显眼。

阴沉木是数千年乃至数万年前的古树，由于山体滑坡等自然原因沉入江河，经河水浸泡和沙石磨压，木质结构发生变化而成，学名化石木，因常年不见阳光，颜色偏深，又称乌木。主要有柏木、杉木、楠木、椆木等，其中又以金丝楠阴沉木的材质为佳。金丝楠木因为木纹里有金丝，能散发幽香，是时光酿造的精华，岁月沉淀的醇香。

初夏的气息浓烈而喧嚣，从踏入金楠雅苑博物馆的那一刻起，那缕切入心扉的楠木香气，仿佛从清朝缓缓拂来。一束柔软的光，将前世尘封的梦，一一唤醒。

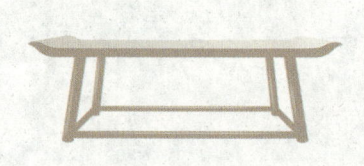

大到十多米长的原木，小到数厘米长的金丝楠木文创产品，像含蓄的诗句，像鲜艳的记忆，拨动极致的思念。借一段时光的缝隙，细细触摸金丝楠木，所有的形容词和感叹词，瞬

间黯然失色。书桌、沙发、香案、桌椅、罗汉榻、官帽椅……

目光里的阴沉木，由远及近，有的刚劲挺拔，峥嵘壮观，有的温婉如水，飘然若仙。那一抹清凉的底色，仿佛在考古一段段小心翼翼封存经年的往事，窥见灵魂的香气。

金丝楠木性温和，不喧不燥，与我国传统文化中的"内敛平和，恬淡虚泊"互相映衬。可谓冬天触之不凉、夏天触之不热，就那样不动声色地伫立在那里，宛若谪仙。

以金丝楠木制成的长约6米的《清明上河图》最为壮观，几乎占据了整个展览厅的半边。鳞次栉比的店铺，摩肩接踵的行人，仿佛走进了另一个鲜活世界的入口，重现千年前宋朝的繁华。只见整根原木，从左到右，从头到尾，逐渐由粗变细，大到房屋树木，小到桥上人物的微表情，姿态各异，惟妙惟肖。

工匠们雕刻技艺的鬼斧神工镌刻在汴河重叠的宋韵里，侧耳倾听，似乎能听见吆喝声、车马声、船桨声、号子声……

此中意境，犹如天地变色，换了人间。

人间自是有木痴，此情不关风与月

这个博物馆的缘起，来自一个叫胡小平的男人。1971年出生的他，土生土长在袜铺村。他曾感动于鲁迅笔下江南水乡的婉约灵动，惊叹于沈从文笔下湘西边城的神秘奇特，震撼于徐贵祥笔下皖西村庄的原色风貌。

千里之外，最忆也是故乡。看着父辈们用沾满泥泞的双脚，丈量着田垄的距离。行走万里，看尽繁华，回眸凝望，乡愁更浓。

漂泊在外多年，功成名就归来时，他决心为心心念念的村庄，这个作为他生命起点的地方，再增添一抹传奇的底色。一直做建筑生意的胡小平，自幼喜欢古典家具。也许是冥冥中宿命的使然，让他无意中惊鸿一瞥，看到了中央电视台"百家讲坛"播出的《胡雪岩的启示》，从此他的人生轨迹开始改写。

听闻在晚清著名商人胡雪岩的杭州故居里，有一处楠木厅。胡小平便动身跋涉千里，只为走进清末"中国巨商的第一豪宅"，目睹它的风华绝代。

原来，这处住所是胡雪岩为红颜知己罗四太太量身打造的，建筑面积445平方米。放眼望去，整座院落目光所及之处，皆是金丝楠木，其用料之讲究无人能及，足以证明胡雪岩对她深爱不已。金丝楠木千年不朽的寓意，恰好也象征了他们二人至情至深的不朽爱情。

穿越喧嚣的人海，一百多年后，胡小平与胡雪岩的邂逅，徐徐展开，一场艺术的重生，彻底燃烧了他的灵魂。胡小平感动于胡雪岩夫妻的爱情，更震撼于楠木的恢宏。他对金丝楠木制品一见钟情，难以忘怀，久久割舍不下。他买来所有关于胡雪岩的书，翻阅了一遍又一遍。又把电视连续剧《胡雪岩》反复咀嚼。胡小平开始夜不能寐，梦想着有一天，自己也能拥有这些木中精品、家具极品和创造的极致。

他像坚守内心火焰的诗人，如痴如狂应和着百年前的使命。两年间，他先后六次踏访胡雪岩故居。有人说，南国有嘉木，绝世而独立。在沉寂百年后，它终于如伯牙和子期一般，遇见了知音人。

"我开始关注金丝楠木的初衷是，希望有一天，我能把它带回我的家乡。"痴迷楠木的胡小平，口中碎碎念着，此刻，带它回家，就是他心里唯一的信仰。2008年5月，在汶川地震以后，关于川西金丝楠乌木问世的消息，铺天盖地袭来。

胡小平听闻，内心再也按捺不住久违的喜悦。历经数月，长途跋涉，只身前往四川大山沟，只为寻求最原始的木料。

第一年，他就寻觅到60立方米楠木老料。这更让胡小平决定加快追寻金楠的脚步。然而市场的真真假假，个中乱象，让他历经九九八十一难。金丝楠木博物馆，终于在2014年3月挂牌成立，消息一出，满座皆惊。十几年如一日，他靠自己对金楠的认识和积累的经验，多次进蜀入川，在深山老林里甄木鉴楠，精挑细选，几年下来，投入数千万元，终于换回了300多立方米桢楠老料。

这些年，胡小平南北奔波，一刻也不敢停歇。听说湖北的口子县竹溪鄂平区小汇乡的慈孝沟留有《采皇木》摩崖诗刻，竹溪县新洲乡烂泥湾村仍有一片完好的金丝楠木林，他千里迢迢奔去，虽然辛苦内心觉得百般值得。

当他买下一处旧宅，在将拆下的老料开料的时候，他开心得像个孩子，欣喜若狂不能自已。"倚江楠树草堂前，故老相传二百年。诛茅卜居总为此，五月仿佛闻寒蝉。"

胡小平和金楠高级技师们在车间废寝忘食，时间似乎在他们的手中静静定格。

他们用尽一个个春夏秋冬，精心打造出近百件金丝楠家具。一刀一凿，每一个缓慢而重复的动作，都是血脉里笃定的虔敬，一件件，一套套，沉重而灵动。

漫漫，即慢慢。这些金丝楠木，就是他们修行的道场。

那里，无关世俗，无关繁华，有的只是朴实与清雅的片片丹心。有人说，来路就像是一场虔诚的归途。

那几年，胡小平的足迹，踏遍了四川、湖南、湖北、广西，他背着行囊，遗世独立于川蜀，在摩肩接踵的人流中，他从雅安、绵阳到邛崃再到刘文彩庄园，一路北上，乐此不疲。

而他的努力，也让岁月看见了意义。

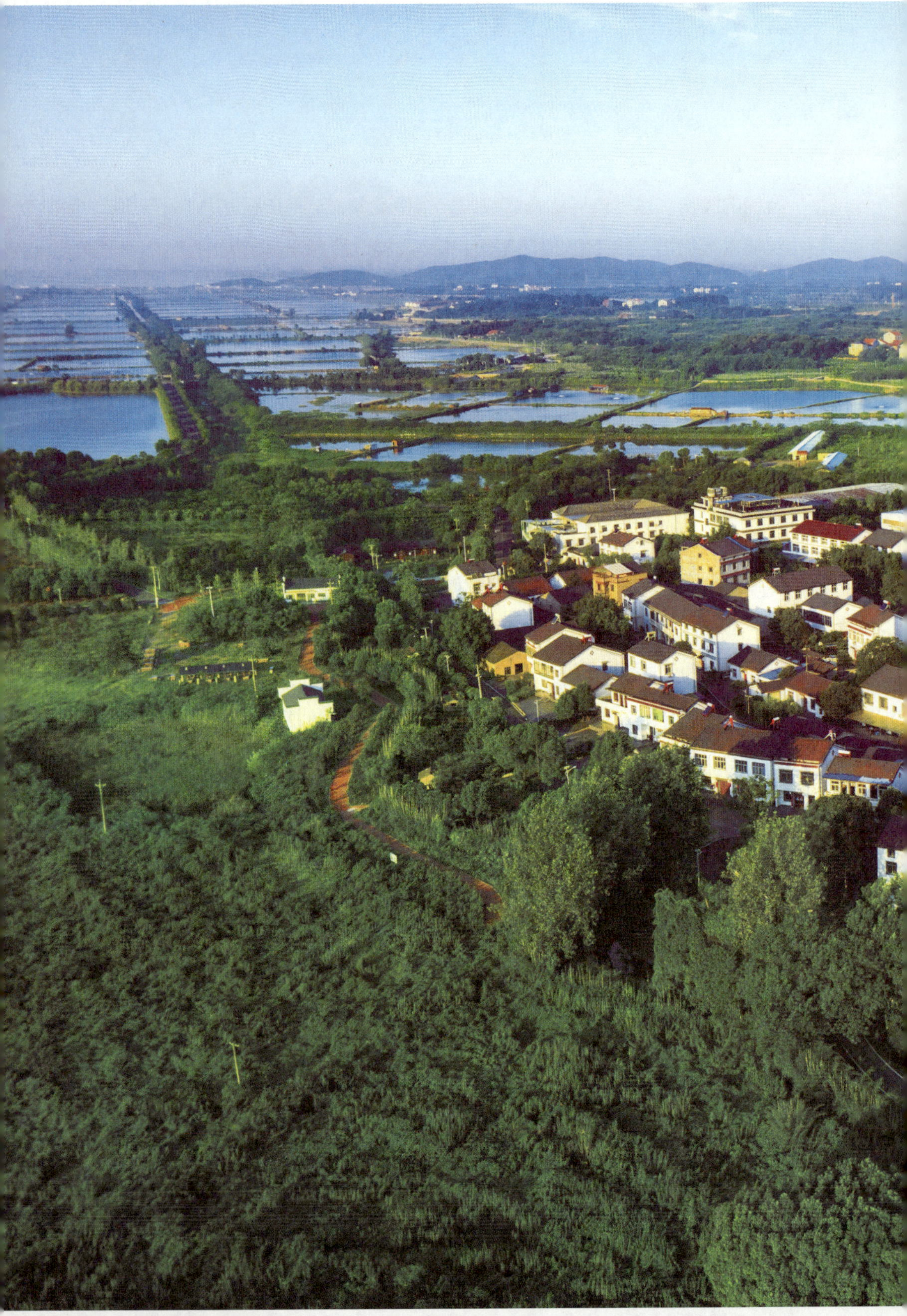

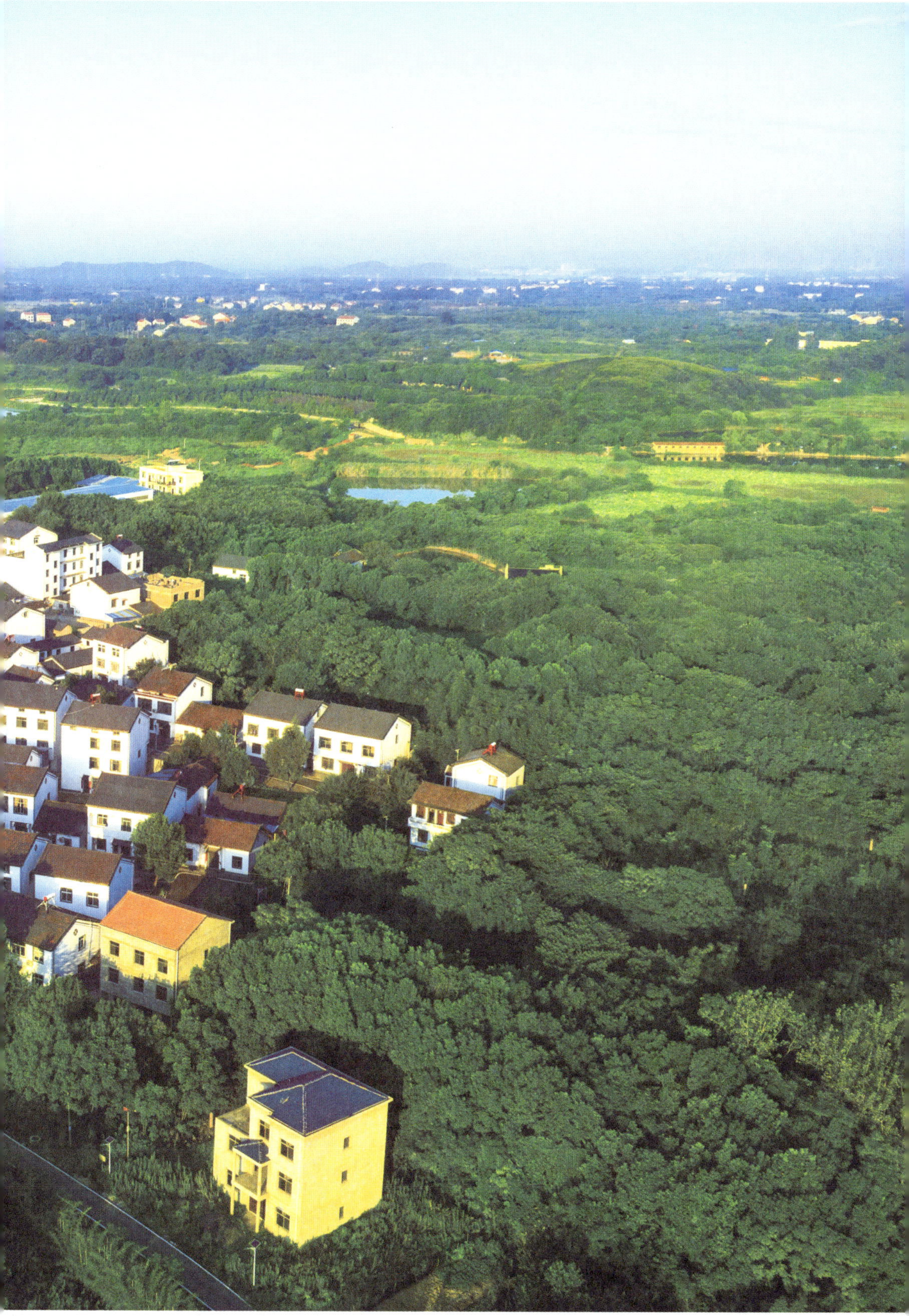

收藏不是尘封，而是传承的匠心

古人常说，苦其心志，劳其筋骨。

胡小平如一只永远不知疲倦的、衔泥报恩的劳燕，几万里征程，他往返于每条有灵魂的石板路上，一趟又一趟，一根又一根，从千里之外，如视珍宝般带回自己的故乡江夏。

他从不和脚下的泥土计较什么，他珍视着和金丝楠木的每一次相逢。因为，刹那，即永远。在这人杰地灵的袜铺湾，与楠为居，身心通灵，养心若谷，又何尝不是人生的又一种圆满。

如今，金丝楠树是国家保护树种不可以随意砍伐，老料都是拆老房子所得，其数量更为稀少，而且越来越少。由于桢楠奇缺，胡小平精心收藏的金楠家具，已是价值连城。听闻京城里一张金丝楠罗汉榻，都拍卖到1.1亿元。

但对于深居简出的胡小平而言，万物清简，不染尘埃。他不典衣、不典冠，他就是一个典楠之人。

在金楠木的库房里，230多立方米的桢楠老料堆若小山。他双手抚摸着眼前这些尘封百年却又能够与他心灵对话的楠木，不禁感慨万千。

胡小平打算将其中的金楠家具拍卖，将其所得全部用于公益事业，让博大精深的传统文化，住进人们的心灵。在绻绻红尘里，他希望竭尽此生所能，在楠木柔情的暗香浮动中，细数光阴的慈悲，平平仄仄，静读日月。

20多年来，这些老料全部用于制作新的金丝楠木产品，以明代、清代古典家具为主，数量达千余件，惊艳了时光。

在方寸之间，一双手，一颗心，胡小平的匠人故事，把丝丝缕缕对生命的敬畏，涂抹得厚实而绵长。

邂逅一场缘分，只需片刻，但爱上它，却需要用一生去偿还。胡小平和金丝楠木的缘分，又岂能用几千字讲完。

雨过天晴江夏行

✾ 夜鱼

江夏区将要打造中国最长的樱花景观大道，这个信息吸引了我。虽然武大樱花闻名遐迩，可自从成为全国著名景点后，我就没去过了，人山人海摩肩接踵的拥塞，让人望而却步。

我一直认为樱花最动人心魄的美不在于具体的一支一朵，往往取决于整体花海的壮观程度，面积越大，樱花雨的雨势越绚烂，审美感受越强烈。虽说春天的一场狂风大雨已经打落了不少樱花，但幅员辽阔、湖泊众多的江夏区可看可撷的宝贝多着呢，与故纸堆里的历史人文比，我对她当下的勃勃生机更感兴趣，这么想着，新鲜的草木气味扑鼻而来。

一、鱼肥浪清描宏图

奔驰在飞花大道上，经过已建好的青春樱村花园，并未停车进入。樱花已落得差不多了，绿叶正翠鲜鲜地萌出，虽只惊鸿一瞥，但能看出园子的大气规整。如果能实施100~200亩的扩建计划，花海之盛定当惊人，中国最长樱花大道的名号应该没多大问题。

车在飞花谷入口处的麻城海一隅停下了，葱茏绿意掩映下，几十栋白墙瓦房沿路延伸，但大多空着。让我恍然想起几年前去过的克鲁姆洛夫小镇，号称欧洲最美的小镇，也是差不多的景象：石路整洁，池水恬静，天空瓦蓝，云堆如雪，清雅但人烟稀少，都有着同样的清澈明媚。所不同的是异国的小镇除了建筑风格迥异，他们的静是烟火生动地老天荒的静，而此地却是新屋落成燕未归的落寞之静。不由得发出困惑的喟叹：多么好的养老休闲胜地啊，好适合租出去，或者直接打造成艺术村，为什么没人来？

同行的江夏诗人贺露解释：招租困难源于很多人想购买，但因涉及复杂的农村土地所有权的问题，目前只能招租，租个二三十年都行。

正想着，贺露接到了电话，余咀村的村书记赶来了，正在麻城海旁边的一座园子里等着呢。那园子我在来麻城海村屋散步前就进去参观过，园内早春的花大多谢了，但紫荆开得正盛，一丛落羽杉枝藤曼妙的荫覆下，木质亲水台、圆桌、藤椅闲散惬意。围坐后放眼池水，睡莲密密的小圆叶子的间隙里，成群的蝌蚪无忧无虑地窜游，几条淡黄色的锦鲤偶尔跃出水面。这样的时光在阴晴不定的季节实在是太珍贵了，与谁在一起喝茶聊天，就是特别重要的事。而此刻，余咀村村委曾书记正兴致勃勃地跟我们讲解并描绘着他的开发蓝图：……张郑湖是水质第二好的水域，修建好环湖大道，吸引垂钓，以此整合起配套的各种旅游服务项目……

张郑湖？如果说这里的鲁湖源起于东吴的鲁肃在此操练过水军，那么张郑湖又源起于什么？为了不打断村书记的思路，我压下了文人式的疑问，继续听他勾画："如果能将螃蟹山边的草坪进行整修，扩宽整理好湖边沙滩……"

螃蟹山？沙滩？湖泊还有沙滩？我忍不住了，提议干脆实地考察一下吧，边看边讲更有直观感受。

没过多久我们就进入了余咀村所在地，停在了张郑湖畔。曾书记说要计划打造余家咀生态园，充分利用张郑湖的自然资源，拟建鱼博物馆，再加鱼美食文化和田园康养，进行综合开发。

　　这里的水域真的好宽阔啊，一条细细的绿色沙洲延伸着，几乎接近湖的中心。环湖是大片的绿地绿植，没看到船只，也没有太多烟火的气息，若不是偶尔两三村人经过，并且不时地向曾书记打着招呼，我都要误以为这是个湿地公园风景区了。我跑向水边，蹲在石头上，湖水清亮，隐约看到成群的鱼影，青苔遍布的大石头上布满了密密麻麻大小不一的田螺。伸手去捞了一个，螺蛳本来张大着嘴，突然被人捞起来慌忙火急地闭合，丰满干净的螺肉非常柔韧地卷缩进去，张郑湖水质果然名不虚传。手中螺蛳的滑稽样子也蛮好笑，它大概没料到还有人对它这么个小角色感兴趣，禁渔期，满湖肥鱼大家想碰也不敢碰呢。

　　沿着一大片浓郁茂盛却有点凌乱芜杂的草地往下走，曾书记所说的沙滩出现了，就在螃蟹山下，低缓的山脚附近有一块弯形的沙地，沙子柔和细腻，还真不输大江大海的沙滩，临近湖面的沙子上零散躺着许多大大小小的鱼骸，其中有四条大鱼平躺在一起，跟晒制的鱼干一样，鱼肉居然完好无损，干燥硬挺，其中一条鱼的眼睛还鼓鼓地大睁着，一副不知沧海如何就变了桑田的茫然模样。

　　我瞅着低矮的山包，好奇地问书记：这湖里是因为有螃蟹？所以才叫螃蟹山？

　　螃蟹也有，但叫螃蟹山不是因为这个。他说着举手指了一圈，我顺着指示看过去，原来是整个地形像螃蟹，微微隆起的左右山包刚好像螃蟹的身躯，山包突出的部分神似螃蟹钳。若从高处往下俯瞰估计会更明显。

　　春风拂面，微波荡漾，阳光下，绿意越发葱茏明艳，使我生出了"此生寄于钢筋丛林中，不得自由择桃源"的遗憾。

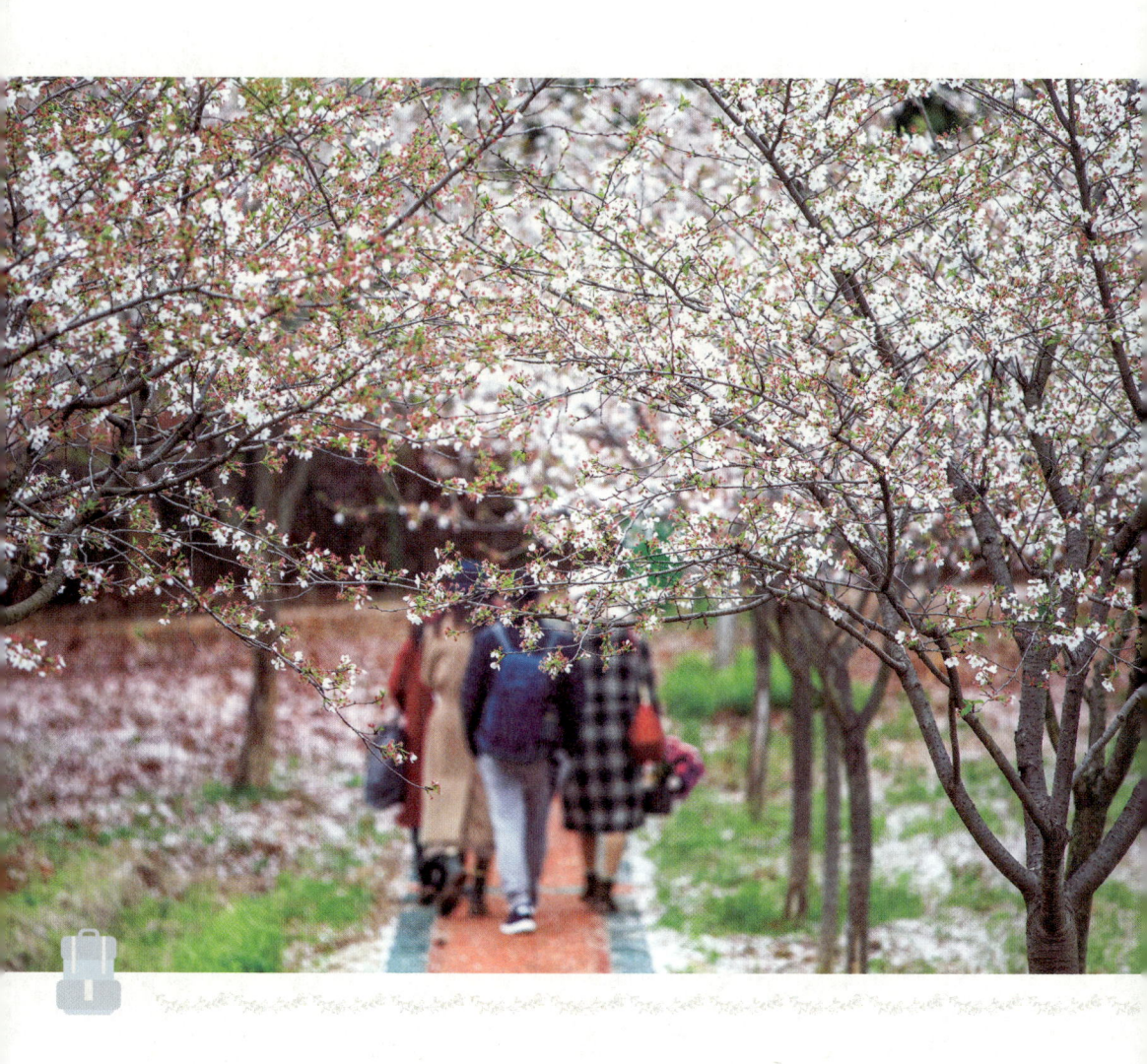

二、美乡胜地唤春来

吃过午饭,青春村村委主任带领我们前往青春村的一些村湾参观。驶上飞花大道,一路顺畅,再次途经飞花谷入口处麻城海湾的青春樱花村园时,车速放慢,我眼眨都不眨地看着,想想吧,扩建之后这里将是多么浩瀚壮观的樱花海洋。可惜我来晚了一周，看不到多少樱花了。同行的诗人贺露将她前几天在此拍的樱花照片给我看，普通的手机拍摄，已经美出了纪录片的感觉。

村委主任介绍说，到时候将由专业人士来从事樱花品种的繁育、种植、养护工作，这里的土地性质经专业部门核实，符合建设要求，将逐步完善周边道路、停车场等设施，以赏樱花为引爆点，带动周边休闲旅游。

我听着连连点头，他跟余咀村的曾书记差不多，同样的希望与喜悦，同样的激情与梦想，好在这样的蓝图已经提上日程，进入了讨论与筹备期。

我被带到了一个叫大屋余的村湾，属于青春村的管辖范围。青春村地域与规模比余咀村更大，都是年轻人外出谋生老人留守的状态，同样的静谧安详。空屋多了之后，就有了长租的想法，这也正好契合了城里人养老休闲的需求，大屋余村湾就成功开发出了一片非常舒适的依水民居。顶着仲春午后已很有些热力的大太阳，我们一行人从篆刻着大屋余三个大字的石碑旁走了进去。一排紧挨着一池碧水的小楼首先扑入眼帘，灰瓦白墙，是那种简洁明朗实用的建筑风格。因为租期可长达二十年，租客也舍得装修，几乎都装上了气派的落地玻璃窗，正对一湖美景。湖上的长廊与观水平台都修建得朴素扎实，吹着风走在上面很是惬意。湖水面积虽不大，但水质清爽，很有些鱼翔浅底的味道。几只好看的白羽红嘴的鸟时不时飞旋在水面，红嘴鸥？罗纹鸭？苍鹭？雁类？主任依然沉浸在蓝图展望中，我不好意思打断，城里人的小好奇，在他们看来估计好笑得很。我来之前曾查阅过资料，知道江夏有广大的湖区以及湿地保护区，各种珍贵的鸟类数不胜数。

经过湖心亭后又走了十分钟就穿过了整个湖区，上岸后，沿路的村人居屋错落有致，除了零星几个站在门口晒太阳唠嗑的老人，大多村屋的门窗紧闭静悄悄的。村人笑眯眯地看着我们，跟带队的村主任用方言打着招呼，融洽又亲热。

山青水阔，大路朝天

❀ 龚健康

与简约相比，山未必是长的，落在木制窗棂上，雕刻的技艺，一晃很多年，时间给它镀了层灰色，像回忆一样，嵌在其中。我时常立在窗前，看树，听风吹奏季节，或从法泗街走到怡山湾，用了整个青年，再从山水走向城市。

1

日落，日出。

又是个崭新的一天。

清晨，是一天当中最惬意的时刻，不必提防时间流逝。推开门，属于春天的景致，在这里什么都不缺。瓦蓝瓦蓝的天空，想来是属于风筝的，定是辽阔和自由，不在于地方有多远。偶有云雾缭绕，或有落叶坠下来，周围的景物一片朦胧，好像童话里的仙境，看得见某种明灭悠悠的移动，把缓慢投

置在放大镜下，使沉默着的铃响，越发沉默。

　　一会儿，太阳从东边冉冉升起，红彤彤的，像个吃饱饭背书包去学堂上课的小胖子，爬上坡，气喘吁吁地擦着汗。你看那片朝霞，是他擦汗时落下的蒙版吧，随意人们如何想象，如何引导云做的美学。

　　当雾渐渐消散，天空高了起来。

　　林木深处，几栋房子，就是春天的外围了。村子里屋顶上飘着几缕炊烟，我记得"袅袅"是个形容词，只是离开久了，原本应在土灶里烧着的落

山青水阔，大路朝天

叶，都自然地享受完雨季。最后在炊烟中，完成在奔赴死亡这个既定事实中的自我绽放，所以我愿意看炊烟，一遍又一遍地，企图冲破限制，往更远的地方飘去。

或在屋檐下与梁上的泥燕相互问候，它们才是大路村起得最早的，把辛勤作为迎接美好生活的保证。看着它们把日子经营得有条不紊，除了羡慕，

去江夏那边

还应该思考，一夫一妻，终生不弃，是迂腐，还是坚定不移地把神明举在头顶，像信奉流水那样，信奉春天。

而有时，我的到来，却是做了打破这种宁静的匪徒。惊扰了外出觅食的燕子，我很抱歉，可相较于那汪汪不绝的狗吠声，抬头凝望，实则是对生命的仰视。

多希望能看穿泥巢，见证生命的孵化。那种依偎在羽毛下的温暖，比这个季节的雨更叫人欣喜。

小心翼翼地控制好呼吸，让自己贴切眼前的这份寂静，站在泥巢下向远望去，山茶和海棠把硕大的花朵挂满枝头。美是无罪的。它们正向周遭世界炫耀着自身对宇宙的理解，山茶用一圈堆叠一圈的花色，向春天礼敬。海棠用近似于波涛般的比喻，把晨曦、露水，与光阴相联系。所以，很多人觉得梦很近，实则很远。

除了海棠，山上的其他树木也都郁郁葱葱，簇拥在一起就像一片绿色海洋，枝与枝的紧凑，干与干的争先，正听候春风发落，它们就波涛似的朝你涌来，一点也不介意你是春天的闯入者。偶尔还对上你的目光，你见她娇羞以为是红粉的花艳，她却瞧见你内心怦怦的心跳。

漫山遍野，是极容易让人误会的形容词。但山是真的，遍野也是真的，漫山遍野，在远景中确乎是。直到走近，才看清这个春天尚未发育完全，长着新草的泥块，还长着疙瘩和破坏。幼时读过的"草色遥看近却无"正对应上眼前的景象，也不去管附近开着五颜六色的小花，无暇将这些纷繁的颜色想象成季节给山穿上的一件朴素雅洁的花裙，下边镶着像绿宝石一样的花边，有些长势较快的青草，拥在一块儿，和晨光一起有了簇新的理想。

221

哦，理想是个热血的词。陡然间，一片水塘出现在眼前，倒映着蓝天白云，有的松软，有的绵长。水塘像一个大碗一样，装下孤独，也盛满绽放。这些云，有高低的参差错落感，山体的骨架披着白雪的外衣，形态万千，好似有一泓清溪顺着山势蜿蜒而下，溪水撞击在岩石上"叮咚"作响，又好似什么也没发生，一切全凭风景在脑海中自行演绎。

水塘里的鹅卵石清晰可见，水波是皱褶的，没有风经过，它也兀自等待在时光里，与流云的倒影对峙，仿佛争论着这片水洼的归属。几只喊不出名字的小鱼，围着石头打转，高兴的样子叫我看得见。

我想，古人说的天人合一，不外乎此刻，与山水共情。

有时，我也是一只鱼，在水里欢快地游着，全然不理会这个世界此刻正在发生的事。一阵风吹过，水面上荡起一道道波纹，我在水底，只听见轰隆隆的声音。那种噪声，是城市里机械与硬物碰撞发出的剧烈声响。

去江夏
那边

恐惧，也疲惫。

放开心灵，接受一切不合乎常理和超脱日常的思考，在大路村的春山中，听树传递百灵鸟从远处递过来的歌声，不为任何事情放下对自由和爱的追寻。

我被眼前的一切迷住，仿佛一切都静止。

2

晌午。风吹散了宁静。

劳作的身影，正从大路村往田埂上走。没有什么比种植桃树更让人开心，如果有，那就是桃花在枝头凋谢，向大地鞠躬。

这片土地上，退伍的还有耕牛和水车。它们始终一言不发，又不见出现在"三山三水三分田"的自然格局中。而在和村民的交谈中，总有几头牛往返游走在珠琳和鲁湖之间，十多里的路，在过去是靠两条腿来拉近的。

小径旁，小草从土地中探出头来，东张张，西望望，好像在对这美丽的景色仔细欣赏，保持着内心的警惕性。草丛中点缀了些许小花，像画上去的一样。小径下的河水浅浅的、清清的，河里小鱼游动，河底沙石颤动，有着自身的节奏感，落在水底清晰可见。同我交谈的阿姨告诉我，在大路村，没有比人更高的山，没有比脚更长的路。

是的，没有比脚更长的路。村前小路，是通往田那边，是载着许多希望的小路，某一天，我们都会走在那条乡间小路，也许会有曲折或坎坷，但终归会找到那条属于我们心中的路。打开了心扉后，捧着春风，装饰整个乡村。

顺着小路，总能寻到远去的记忆，提着一只桶，粉刷着田园农舍，山峦，让大山开满花苞。过去的劳作生产方式和现在大有不同，有几家耕种有几十亩田，全靠一头牛来回地奔忙。那时，人和牛之间，是相互倚靠和信赖的。耕田的前几天，主人会给牛喂好的草料，并将碾米剩下的细糠与米饭搅拌一下，当作对它的鼓励，让它养足精神，好一鼓作气地犁完几十亩田。耕完田后，主人会把牛牵到水草肥美的地方，让它痛痛快快地吃上几天几夜。

现在全是机械化操作了，突突突的声音中，几亩田迅速地就被打理好了，全然不跟过去那般，要牵着牛来回地犁着一遍又一遍。正在监工的何大叔告诉我：生活，是发源于泥土的某种跃动式和具有尝试性质的进化，我们要充分了解每个时段的生活，以便在下个拐点，能迅速应对。

于是，很多乡人开始置办产业，告别农民身份和农耕生活了。从小生活在这片土地上的胡涛，对于法泗街道的一草一木，都有特殊而详细的记忆。

如何在一片土地上理解了一个人？理解一个人，从而理解世界。就像小路被叫作大路一样，这里的人，对事物命名，有独特而神秘的道理。鲁湖不大，相比与其几乎处于同一纬度的梁子湖而言，少了捕捉风的可能，不论是春夏时节的东南风，还是冬季呼啸而来的西风、北风、西北风。鲁湖水面始终保持平静，偶尔风吹得厉害，水面才泛起一阵一阵的水波，像在回应一阵一阵的北风。把这样没有卷起千堆雪的水波，叫作涛，和把小路叫作大路，是一样的张狂、一样的虔诚。

胡涛，是大路村土生土长的居民，和大路一样，他的名字，来源于他父母对泥土和湖水的感恩。这样的名字，这样的人，在法泗很常见并没有格外不同的地方。他们从小在路与屋檐的转角，对这个世界打量，对祖辈躬身的田野，保持怀疑和诘难的神情。孩子们总是调皮，天生厌倦有目的性的劳动，和他们随心随性的想法相违背。六七岁时的胡涛，就是一个在田里来回窜跑的皮孩子，为此没少挨打。

20世纪60年代出生的孩子，在贫苦的农村家庭，不像现在十指不沾阳春水的很多独生子女那样,是要真真切切下地干活的,插秧、拔花生、捡稻穗……但凡该季节所需要进行的农活,胡涛都得跟着父母去干。没有读过书的老父亲,教育他最多的,就是要肯吃苦,不怕累。虽然在村里大家都暗自计较着,但没有谁会真正公开嘲笑贫穷和不幸,都秉持谨慎,守望相助。

水和泥土,是大路村人们生命的一部分。从字形上看,法泗,都有水,水是农耕民族集体的信仰,没有一个依赖泥土生存的人不感恩水。

胡涛曾说,从鲁湖出发,起点不止一个,回归到大路村,终点只有一处。每个回归村庄的人,都把曾经带走的绿叶,催生成一截扎在故土的老根。

3

风吹落了黄昏。

傍晚就是这样子的,不偏不倚地先你一步,抵达西边,视线还没有从屋顶延展开来,又一次错过了黄昏的静美。那沙砾般质感的瞳孔,无一不映射着等待或孤独。

越是黄昏,我心越静,越是深夜,窗棂就越透明。有过村居生活经历的人,对乡间有一种挥之不去的深刻记忆,其中可能包含来自地心的亘古蛙鸣,又或者夹有阵阵稻浪覆盖不住的鸟啼,这些记忆不会随着时间的流转而消失,反而会越来越浓,越来越清晰,越来越深情。

傍晚时分,弯弯的小河、静静的村庄、黝黑的天空看不太清白云悠悠的状态,小溪是潺潺的,小桥是窄窄的,没有人告诉你这里就是桃花源,更不会有人对你说这里是水云间。

能够让心栖居的地方,灵魂就可以安放在那里。所以有人说,出走也许是一种叛逃,我们用尽奔波的生涯来告慰故乡的风尘,并不是离开和回归构

去江夏
那边

成辩证的敌我阵营，而是我们用尽异乡的孤独坚守心里的善良和孤傲，也正是出外的经历，更让我们懂得爱与回归。

异乡溶于故乡，就像晨曦再美，也会终成夕阳，小路再长，也会终成大路。那些植立于法泗街道的山水和人文都是回忆里缓慢的那部分，它们渐渐地构建了大路村诗意的轮廓。

眼前略带凄美景象的春晚，夕阳尚且躲在远山中，从密密的山路一直飘到沉睡的荒地上，它轻声唤起石桥上的尘埃，驱散入夜之前的噪声，保持着呼吸般的静谧。我不禁想起很多过去的人和事。一会儿，月亮走到云雾的前面，脱下她银灰色的纱衣，那种隐约本身就附带了某种只可意会不可言传的通感，偶尔几下光特别亮，少女一样绽放出羞涩的微笑。这微笑中，璀璨的万家灯火同样映照着天边的星光，如霜般的月色下，看不到霓虹灯，听不见车水马龙的喧哗。此刻，闭上眼，唯有感觉可靠。

山青水阔，大路朝天

　　傍晚，天空中飞过几只白鹭，它们那洁白的羽毛真像一团小雪花。夕阳下，一排排柳树整齐地站在池塘边，又长又软的柳条随风飞舞。

　　夕阳又西下，夜晚来临了。乡村的夜晚不像白天那么闷热，我搬了把椅子坐在院子里。一丝丝凉风吹过，夹杂着少许花草芬芳的香气扑面而来。在这黑色的夜晚里，萤火虫是最惹人注目的，它们一般在潺潺的小溪边活动，一闪一闪的，非常好看，特别是在这浓黑的夜晚里，它们更显得突出。黄昏持续不了那么久，那么清宁、清静与恬静，又该何去何从？井台小虫子们咯吱咯吱地吟唱，婴儿摇摇车上的铃铛叮当作响，新种下去的山茶树，明年会开花吗？又或者说，田野沟壑梯梯坎坎纵横交错，真的如家乡老人饱经风霜的脸一样吗？

去江夏
那边

何叔说，小时候看到的星星，仿佛就都来到这最自然、最纯朴的地方。晚上我们突发奇想，想散散步，一路都是黑黑的，只有手电筒的微光照路，但一路走过，各种昆虫已经哼哼起来了，与脚步声一起衬出了农村的幽静。林子里传出一声声的鸟儿嬉戏打闹的欢笑声，但是它们就像独行的游侠，以至于总是无缘见到它们。

此时，小路两旁散发出来的鲜花绿草的芳香，在夜晚的柔风里，使人倍感心旷神怡。古人常说，"芳草萋萋侵故道"是一种美，那么，大路村的"绿树成荫绕新径"难道不是另一种美吗？当然，也有些蚊子紧跟不舍，时不时可以听到同伴"啪啪"打脚的声音，但确实令人发笑，不得不说是次很愉快的体验。

闪烁的霓虹灯，把一排排的绿树，装点成一片色彩的海洋。灯光、星光、月光、鲜花、芳草、绿树……这些或经过人工的雕琢的自然之物，在静夜时刻可谓相映成趣、相得益彰，那些老倌嘴里说出的方言，更让我们相信了爱和别离。无论夜晚多深，月亮都愿意分享她对于光明的理解，向大路村敞开心扉，把开着窗户的夜晚装扮得更加美丽、更加漂亮!

4

期待黎明是美的。

夜里，聆听任何一种来源于不可名状的声音，心跟着呼吸，有时候像三体世界那样的空阔无垠一下子包围了脑海世界，有时候又是金庸那般纵跃在险峰深涧之间的笑傲江湖。

黎明之前，在大路村，总有一种爱，值得期待。

中山舰

❋ 金成海

1997年1月28日，由湖北省人民政府主导打捞的中山舰，终于重见天日！2008年5月，经过11年仔细修复后，中山舰安放在武汉市江夏区金口镇的武汉市中山舰博物馆。向每一个来参观的人讲述着它曾见证过的那段历史。

中山舰与孙中山

1925年3月12日，伟大的民主革命的先驱孙中山先生与世长辞。1925年4月16日，广州民国政府为了纪念孙中山先

去江夏
那边

生，由广东省省长胡汉民下令，将"永丰舰"命名为"中山舰"。

永丰舰吨位并不大，原本就是一艘普通的战舰。但是，中国现代史上的护国战争、护法战争、抗日战争都有它的身影。孙中山先生更是屡屡与它发生联系。

尤其是1922年6月16日，孙中山先生蒙难时，再次想到了永丰舰。1922年6月15日深夜，陈炯明部下围攻总统府。6月16日凌晨，在部属的劝说下，孙中山化装逃出总统府，在舰长冯肇宪的护卫下，登上永丰舰，宣布和叛军开战。根据当年香港中英文报纸报道和英、美两国外交官的相关记载，1922年6月17日，孙中山以海军大炮炮轰广州。当时海军采取军事行动必须得到海军司令的命令，由于没有海军司令的下令，在孙中山下令放炮后，一时没有士兵敢动手，孙中山气急之下，索性自己动手亲自发炮。这次蒙难，是永丰舰保护了孙中山先生和后来辗转上舰的宋庆龄，他们在永丰舰上待了55天，孙中山在舰上饮食起居，发出指令，直到8月9日，退居上海。1923年，孙中山夫妇再度登上永丰舰以示对救驾的感激。

中山舰与蒋介石

随着孙中山的去世，国民党的党政大权落到了汪精卫的手里，地位在蒋介石之上，蒋介石很不服气。

1926年3月18日，孙文主义学会成员欧阳格，以黄埔军校驻广东省办事处名义，奉蒋介石的命令，通知海军局代理局长兼中山舰舰长李之龙速派有战斗力的两艘军舰到黄埔听候调遣。李之龙遂派中山舰到黄埔。

但是，蒋介石矢口否认有过调舰命令，认为李之龙擅自将军舰开进黄埔，"显系阴谋暴动"。蒋介石借机向共产党和国民党左派发难，于3月20日凌晨下令全广州市戒严；派兵占领海军局及接管中山舰，并解除两处的

去江夏
那边

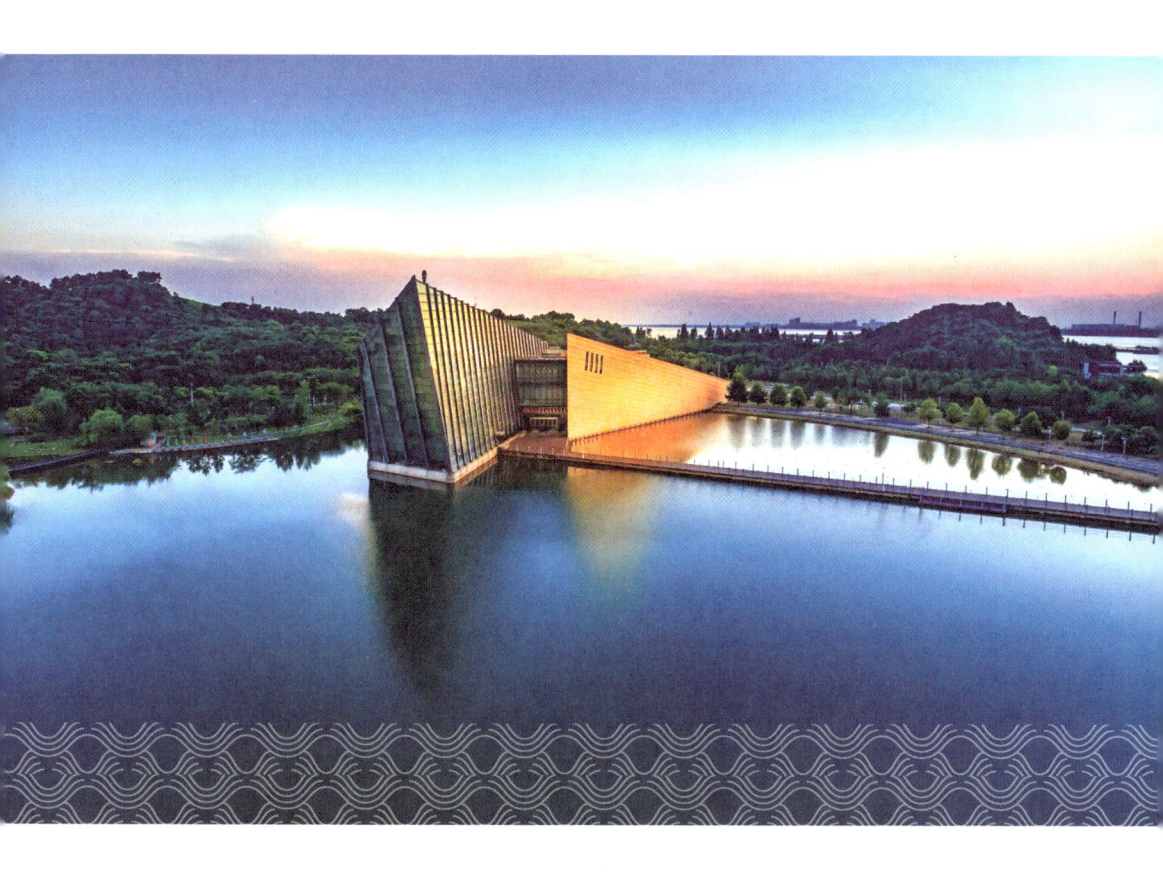

武装；将海军局代局长李之龙逮捕；看管第二师（广州卫戍部队）各级党代表；包围搜查省港罢工委员会，收缴工人纠察队武器和弹药；包围监视苏俄顾问团和汪精卫的住所，收缴警卫枪支。

"中山舰事件"发生后，他的最大政治对手、当时国民党一把手汪精卫采取愤而离职之策，以此给蒋介石施加压力。他的出走，使蒋介石得到了意想不到、渴望已久、想得到而又得不到的结果：汪精卫的出走，空出了三个职位，即国民党执委会主席、国民政府主席、军事委员会主席。蒋介石立即安排张静江做了国民党主席，谭延闿做了国民政府主席，蒋介石做了军委会主席。这一番操作，蒋介石实际上控制了国民党的党、政、军大权。

中山舰壮烈殉国

抗日战争爆发后，中山舰奉命开走赴湖北水域，参与了武汉会战。

1938年10月24日，武汉会战已接近尾声，中山舰自新堤下驶金口。舰长萨师俊站立在指挥位置，紧盯着江面，指挥着中山舰劈波斩浪，冲破迷雾，直奔武汉方向。上午9时，到达江夏金口附近水域。

去江夏
那边

正准备抛锚待命，东边的天空忽然传来隆隆的飞机声。全舰官兵顿时绷紧了每一根神经，迅速进入了一级战备状态。日机在上空盘旋，不停地调整飞行高度来回示威。当它们进入军舰炮火射程之内，舰长萨师俊一声令下，所有枪炮一齐开火。见中山舰火力威猛，日机仓皇逃走。

敌机的侦察是一个信号，中山舰官兵已预感到一场恶战的来临。萨师俊进行了工作部署。并下令提前午餐，以便全体官兵有充沛的体力参加战斗。当时，中山舰上的装备很差，舰上的主炮和副炮已被拆卸下来，安装在长江的几个要塞上，只剩下瑞士制20毫米火炮两门、英制火炮两座和德制高射炮一门等。尽管如此，全舰官兵们仍然斗志昂扬，决心与敌人血战到底。

平静，只停留了两小时。

从东边又传来轰鸣。9架日机分作两个分队，呼啸着飞抵中山舰上空。震耳欲聋的飞机声盖住了军舰上的警报。全舰官兵迅速就位，枪炮长魏振基的手指已经扣着扳机，只等舰长一声命令。中山舰在金口水域无规则地行驶，值更官根据舰长的命令，报出方位、视角、速度，躲过敌机的视线，寻找最佳开火时机。

敌机在头上兜了几圈，约莫有5分钟，然后飞走了。萨师俊放下手中的令旗，长长地嘘了一口气，令大家原地待命。

下午3点左右，中山舰接到开往汉口执行军务的电令，刚要执行命令，军舰上空隐隐传来轰鸣，凭以往的经验，大家知道这一次战斗不可避免。中山舰响起警报，枪炮手、轮机兵、舵工，所有士兵几秒之内全部到位，严阵以待。6架敌机轮流平行向中山舰投弹，长江水面溅起几十米高的浪柱。萨师俊下达还击的命令。舰艏、舰艉、左右两舷的大炮、机关枪一齐向敌人扫射，使敌机不敢

235

降低飞行高度，只在高空中盲目投弹，减少了打击中山舰的精确度。

波涛浪谷之间，中山舰采取规避行动，走"S"形航线，和敌机周旋，尽量躲过敌机的投弹，保护舰体。

敌机见高空轰炸不奏效，改变进攻方式，6架飞机轮流急速俯冲投掷炸弹，同时从飞机上用机关枪辅助扫射。眼看敌机火力过猛，萨师俊指挥中山舰且战且走，绕过突出江心的铁板洲，准备驶出帆樯林立、人烟稠密的金口水域，在靠汉阳的江北水域和敌机周旋，就算舰体受伤也不会让战火殃及金口古镇和人群。中山舰刚进入江北航道，敌机从舰艏方向俯冲下来，向舰艇轰炸。舰艏的一门20毫米大炮由于长时间发射，炮管烧红，无法开炮，舰艉的一门高射炮，受到驾驶台的阻碍，在射击死角上发挥不了火力。敌军的一枚炮弹击中驾驶台左侧，舵机炸坏，舵手吴仙水阵亡。紧接着，第2颗、第3颗炸弹落在右舷水中爆炸，第4颗炸弹落在左舷边水中爆炸，中山舰后锅炉舱水线下的舰壳破裂严重，江水迅速涌进舰内，尽管官兵火速抢堵，但军舰受伤过重，不到3分钟，进水漫过4尺，锅炉中的燃煤被水淹熄，锅炉无汽，军舰失去了动力，操纵失灵，舰体开始慢慢倾斜。

残忍的敌机还不罢休，还在向中山舰进行俯冲投弹，疯狂扫射。第5颗炸弹命中舰艏，驾驶台被穿透，海图室、甲板、前望台的一磅炮都被炸翻。8名炮手英勇牺牲。弹药箱发生爆炸，大火弥漫到海图室，甲板前望台……

舰长萨师俊身受重伤。他对中山舰做了最后的指示，让将士们把舰靠到浅水滩点，等修复后可再杀敌。

将士们拥抱在一起，久久不忍心分离。中山舰左舷已倾斜到40°以上，江水流上甲板由舰艉往舰艏涌。甲板上的几名炮手还在向空中射击。在副舰长下令弃舰后，幸存的将士们才依依不舍地含着热泪向军舰敬礼告别，然后依次跳入江水中，他们的身后，中山舰舰艏高高昂起，随即一声巨响，水柱冲天，中山舰沉入江底……